허연

서울 도심에서 나고 자랐다. 오랫동안 꿈꿔 온 가톨릭 사제의 길을 포기하고
시인의 길을 선택, 스물여섯 살에 「권진규의 장례식」 외 7편의 시가
《현대시세계》 신인상에 당선되며 등단했다. 『불온한 검은 피』
『나쁜 소년이 서 있다』 『내가 원하는 천사』 『오십 미터』 『당신은 언제
노래가 되지』 등 다섯 권의 시집을 냈다.
문청들의 교과서이자 젊음의 경전으로 불리는 첫 시집 『불온한 검은 피』에서부터
성과 속의 세계를 동시에 살아내는 실존주의자의 허무를 노래하는 근작에
이르기까지, 예술적 광기와 심리적 허기가 불협하며 일으켜진 시적 착란은
매번 새롭게 아름다운 폐허의 한복판을 만들어 내며 허연의 시가 지닌
독자적 리듬과 독보적 색채의 근간이 되었다.
시집 외에도 『고전여행자의 책』 『가와바타 야스나리』 『시의 미소』 등
고전을 탐닉하며 쌓아올린 지성과 취향을 바탕으로 독자들에게 명작의 세계를
안내하는 저서를 다수 출간했다. 현대문학상, 시작작품상, 김종철문학상,
한국출판학술상 등을 받았다. 일본 게이오대 미디어연구소 연구원을
지냈으며 매일경제신문 문화선임기자로 재직 중이다.

너에게 시시한 기분은 없다

너에게 시시한 기분은 없다

허연 산문

민음사

프롤로그

일부 뇌과학자들은 뇌에서 불과 2퍼센트 정도밖에 안 되는 영역이 나와 남의 차이를 만든다고 주장한다. 인간 뇌의 98퍼센트는 다 같다는 이야기다. 사물을 구별하고, 아름다운 것을 좋아하고, 두려운 것을 싫어하는 98퍼센트에 속하는 것들은 모든 인간들이 문화적 경험으로부터 공통적으로 물려받은 것들이다.

결국 '나'를 말해 주는 건 뇌의 나머지 2퍼센트다. 이 책은 바로 그 2퍼센트에 관한 이야기다.

1980년대 후반 내가 육군 훈련병이었던 시절 있었던 일이다. 때마침 김장철이었는데 훈련병들 모두가 김장 사역에 동원됐다. 일주일에 걸쳐 사단 병력이 먹을 수만 포기의 김장을 한 다음 산더미처럼 쌓인 배춧잎 같은 쓰레기를 처리

하는 일이 남았다. 그때 신병교육대 인사계가 나를 비롯한 열 명의 훈련병을 찍어 냈다. 우리는 투덜거리며 쓰레기와 부산물을 몇 대의 군용트럭에 실어 부대 밖 쓰레기장에 내다 버리는 작업을 했다.

영외 쓰레기장은 부대 근처 소읍에 있었는데 선임 상사가 갑자기 선심을 썼다.

"복귀까지 한두 시간쯤 남았으니 하고 싶은 거 있으면 한 가지씩 말해 봐."

'짜장면 한 그릇 먹고 싶다'는 훈련병에서부터 '낮잠 한숨 자고 싶다' '여자 친구한테 전화하게 해 달라' '따뜻한 물에 목욕하고 싶다' 등 다양한 대답이 나왔다.

내 차례가 됐다.

"훈병 허연! 저는 에스프레소 한잔하고 싶습니다."

선임 상사는 기가 막히다는 듯 날 쳐다봤고 내 소망은 이루어지지 않았다. 그날 이후 훈련소에서 내 별명은 '에스

프레소'가 됐다.

　　이후 대학 시절을 보내고 시인으로 등단을 하고 직장 생
활을 하면서도 난 '유난스러운 놈'이라는 소리를 종종 들어
야 했다. 1990년대 중반 첫 시집을 냈을 때는 평론가들로부
터 무국적자니 예술지상주의자니, 병든 도시인이니 하는 비
난을 들어야 했고, 직장동료나 가족들 동년배 친구들에게는
'철 좀 들라'는 이야기를 종종 들으며 살아야 했다.
　　어쨌든 내 나름의 '2퍼센트'를 지키며 나도 이제 나이를
먹을 만큼 먹었다.
　　몰락한 갱스터 이야기를 담은 브라이언 드 팔마 감독의
영화 「칼리토」(Carlito's Way)에는 이런 대사가 나온다.
　　"모두들 어쩌다 지금의 자신이 되지…(everybody ends up
where they are…)"
　　감옥에서 나와 맘 잡고 첫사랑 여인과 카리브해 섬으로

도망가 살 계획을 세웠던 주인공 칼리토는 부하의 총에 죽음을 맞으며 이렇게 되뇌인다.

맞다. 사실 모든 사람은 어쩌다 보니 지금의 자신이 된다. 나 역시 마찬가지다. 물론 '지금의 나'를 만든 건 앞서 말한 '2퍼센트'다.

이 책에는 두서없는 이야기들이 들어 있다. 가족사에서부터 사랑, 예술, 여행, 우주, 사회, 역사 등에 대한 다양한 단상들이다. 하지만 남들 다하는 하나 마나 한 이야기는 하지 않았다. 인성이 그렇지 못하니 점잖고 어른스러운 이야기를 하지도 못했다. 누가 날 가르치려 드는 걸 싫어하니 남을 가르칠 마음으로 쓰지도 않았다. 천성적으로 집단주의나 만장일치를 싫어하다 보니 소위 '깨는' 이야기도 종종 있다. 투우에서 맨날 소가 지라는 법이 어디 있는가. 가끔 소도 이겨야 하지 않겠는가.

책은 여러 권 냈지만 본격적인 에세이는 처음이다. 시인이니 몇 권의 시집을 냈고, 문화부 기자로 살았으니 여기저기 연재했던 글을 모아 서평 산문집을 낸 적은 있었지만 순수한 의미의 개인적 아포리즘은 처음 묶어 본다.

나는 노동에 투여하는 시간 이외의 시간을 최대한 내 식대로 살았다. 내 방식대로 세상을 읽었고, 즐겼으며, 사랑을 했고, 우정을 지켰고, 나누는 삶을 위해 애썼고, 자주 아팠으며, 때로는 분노를 했다. 그러다 보니 어쩌다 지금의 내가 되어 있었다.

나는 또 책을 써서 세상에 내놓았다. 바로 이 순간 내가 내 식으로 또 다른 어떤 새로운 세상을 보기 시작했다는 뜻이기도 하다. 이 책에, 나의 '2퍼센트'에 감사한다.

2022년 초봄 허연

차례　　　프롤로그

방향이 없을 것

눈앞의 일만 할 것

용기 같은 거 내지 말 것

이것들을 감당할 것

한 사람을 사랑한다는 것

누군가를 사랑하게 되면 그 사람의 어린 시절 사진을 꼭 봤다. 내 앞에 나타나기 전 그 사람의 작은 역사가, 그 순수가 나를 겸허하게 만들었다.

한 사람을 사랑한다는 건 한 사람의 역사를 사랑한다는 것이다.

나무

이런 글을 쓴 적이 있었다.

나무는 알고 있습니다.
거꾸로 자라는
제 또 다른 정신이 있다는 걸
나무는 알고 있습니다.

나무는 위로 자라는 것일까? 아니면 밑으로 자라는 것일까? 나무는 지상의 시선으로 보면 위로 자라는 것이 맞지만 지하의 기준으로 보면 밑으로 자란다.

땅에 묻은 몸과 땅 위로 나와 있는 몸. 두 세계에 걸쳐 있는 몸을 가지고 살아가는 나무의 기분은 어떨까?

나무의 사생활은 알면 알수록 신기하다. 나무는 다른 생명체, 특히 동물과는 엄청나게 다른 시간을 살아간다. 동물들이 단 몇 분 만에 할 일을 나무는 수년에 걸쳐서 해야 한다.

하지만 나무도 영역 다툼을 하고, 사랑을 하고, 번식을 한다. 단지 이것을 해내는 시간의 간격이 다를 뿐이다.

나무에 미세한 파장을 잡아낼 수 있는 측정기를 꽂아 놓고 관찰하면 놀라운 사실을 알 수 있다고 한다. 전기톱을 든 벌목공이 다가가면 나무의 떨림이 큰 폭으로 증가하고 반대로 여유롭고 평화로운 음악을 들려주면 진폭의 크기가 눈에 띄게 줄어든다는 것이다.

나무는 스스로 선 자리를 바꿀 수 없다.
그 가혹한 천형 앞에서 나무는 도를 닦듯, 한생을 견딘다.

봄날은 간다

대학 시절 나는 미대생들과 자주 어울려 놀았다. 전공은 문학이었지만 문학은 거짓과 포장이 가능한 장르 같았다. 반면에 미술은 말 그대로 '작업'이었다. 열정과 감각과 노동이 고스란히 캔버스에 묻어나는 '작업'. 그래서 위장하거나 미화하기 힘든, 땀과 시간이 형상으로 증명되는 것이 미술이라고 생각했다.

그래서인지 물감이 여기저기 묻어 있는 기다란 앞치마를 두르고 작업실에 서 있는 미대생들이 그렇게 멋있을 수가 없었다.

당시 친하게 지냈던 미대생 중엔 얼굴에 화상 흉터가 크게 진 친구가 있었다. 왠지 우리보다 인생을 더 많이 아는 듯한, 눈망울에 짙은 그늘이 배어 있는 그런 친구였다.

어느 날, 녀석을 포함한 친구 여럿이 함께 농구를 하고 가진 뒤풀이 자리였다. 노래방 같은 게 없던 시절이었다. 단골 술집에 둘러앉은 우리는 늘상 그랬듯 취기가 오르자 돌아가며 노래를 불렀다. 운동 가요로 시작해서 흥이 오르면 조용필 들국화 김현식 이선희 류의 노래를 불렀던 것 같다.

녀석 차례가 돌아왔다. 녀석의 입에서는 당시 우리 나이에는 너무나 낯설었던 곡조와 가사가 흘러나왔다.

"연분홍 치마가 봄바람에 휘날리더라……."

한 친구가 "에이 뭐야" 하면서 웃었고, 우리도 따라 웃었다. 친구가 정색을 하고 말했다.

"들어 봐 너희들 시 쓴다며. 이런 게 시야."

우리는 친구의 읍소에 끝까지 노래를 들어 보기로 했다.

"열아홉 시절은 황혼 속에 슬퍼지더라/ 오늘도 앙가슴 두드리며/ 뜬구름 흘러가는 신작로 길에/ 새가 날면 따라 웃고 새가 울면 따라 울던/ 얄궂은 그 노래에 봄날은 간다."

「봄날은 간다」라는 노래였다. 나중에 이 곡이 영화에도

19

나오고, 많은 가수들에 의해 리메이크되면서 널리 알려졌지만 1980년대 중반만 해도 대학 초년생에게는 생소한 노래였다.

눈을 감고 들어 보니 친구의 말대로 한 편의 시였다. 더 정확하게 말하면 그 친구가 불러서 더 시가 됐던 것 같다. 녀석의 노래가 끝나고 우리는 잠시 아무 말도 하지 못했다. 녀석의 눈에서 눈물이 흘러내렸던 것 같다.

녀석은 이미 어른이었던 것이다. 우리에게는 가벼운 꽃잎처럼 왔다 가는 사랑도 녀석에게는 쉽지 않았을 것이다. 녀석은 생을 건 고백과 사랑과 이별과 그리움 속에서 어른이 됐고 그림을 그렸을 것이다.

얼굴을 뒤덮고 있었던 흉터는 아마도 녀석을 '스스로 깨달은 자'로 만들어 갔을 것이다. 자신을 바라보는 적대적이면서 동정적인 복잡한 눈길 속에서 녀석은 끝까지 외로웠을 것이다. 어린 나이에 삶이 지닌 그늘과 허무를 알았을 것이고, 사랑을 포기하고도 웃음을 지을 수 있는 경지를 얻었을 것이다.

녀석의 눈에 나풀대는 사랑을 자랑하고, 인생은 희망으로 가득 차 있다고 믿었던 우리가 얼마나 어린아이처럼 보였을까?

바쁘게 살다 보니 녀석을 본 지는 꽤 오래됐다. 몇 해 전 도시에 있던 화실을 접고 시골로 들어가 소를 키우면서 그림을 그린다는 소식을 들은 게 다였다.

녀석에게 연락해 30여 년 전에 들었던 「봄날은 간다」를 다시 듣고 싶다. 우리 모두의 봄날은 이제 갔으므로…….

임종

집안 어른 임종에 왔다가 얼떨결에 (양복을 차려입었기 때문인 듯) 시신과 단둘이 운구차 안치실에 앉아 장례식장까지 동행하는 벅찬 경험을 했다. 사방이 막힌 공간은 너무나 조용했고 난 흰 옥양목에 덮인 고인께 긴 인사를 드릴 수 있었다.

희미한 전등 하나밖에 없었지만 오싹하거나 두렵지 않았다. 믿어지지 않을 정도로 마음이 잔잔했다.

치과

치과와 바슐라르. 고래밥과 표준편차.

가슴이 답답할 때 치과에 간다. 그 통증과 소리와 냄새. 아프고 역겹지만 짜릿하기도 하다. 치과 의자에 앉아 집중하고 있으면 그 고통의 안과 밖이 다 보인다. 개운하고 평화롭기까지 하다. 치료 중에 잠이 들어서 간호사에게 혼난 적도 있다. 몇 군데 병원을 옮겨 다니며 치과 의사들의 '연주 솜씨'를 비교하기도 한다. 질 나쁜 치아를 물려준 조상께 감사한다. 그래, 난 치과에서 바슐라르를 이해했다.

그러고 보니 난 고래밥을 먹으며, 각기 다른 고래밥의 모양을 세며 표준편차를 이해했던 것 같다.

유품

　어머니 기일이었다. 오래전 유품을 뒤적이다 아버지와
어머니 신혼 때 사진을 찾았다. 하모니카를 잘 불던 남자와
영화관에 가는 걸 좋아했던 여자는 옷장 속 보자기 안에서
이렇게 살아 있었다. 엄마 안녕…….

뒷모습

버스 타는 일에 재미를 붙였다. 지하철에서 만나는 성난 밀랍인형 같은 얼굴들이 싫어졌다. 버스는 사람들의 뒷모습만 본다. 뒷모습은 전투적이지 않아서 좋다.

살아 있으라는 말

크리스마스를 며칠 앞둔 어느 겨울날 육군훈련소 교육을 마치고 자대 배치를 받았다.

내가 자대 배치를 받은 부대는 마침 야전훈련 중이어서 부대는 텅 비어 있었다. 부대를 지키고 있던 행정병 몇이 기차역에서 우리를 인수해 군용 트럭에 싣고 부대로 들어갔다.

군기를 잡기 위해서였을까. 뜻 모를 구타와 욕설이 이어졌고 나는 설명할 수 없는 공포감에 시달렸다. 공포감의 근원은 '시간'이었다. 내가 이런 곳에서 자유를 빼앗긴 채 3년 가까운 시간을 견딜 수 있을까 하는 의문이 들었다. 암담했다.

행정병들은 우리를 딱딱한 나무 침상에 몇 시간씩 앉혀 두고 어디론가 사라졌다 나타나곤 했다. 흐릿한 전등 아래서 추위와 싸우며 나는 내가 배워 온 모든 정신적 능력을 동원해 육체를 무시하려고 애썼다. 잘 되지는 않았지만 다른 방법은 없었다.

그렇게 하루가 지났을까. 교대해 들어온 행정병이 우리를 행정반으로 데리고 갔다. 그러더니 뜻밖의 호의를 베푸는 것 아닌가.

"원래는 이러면 안 되는 건데. 집에 짤막하게 전화 한 통씩 해라."

전화기를 들고 집 전화번호를 눌렀다. 수화기 건너편에서 놀란 어머니의 목소리가 들렸다. 늘 방에 누워 계시던 병중의 어머니였다. 아무 말도 할 수가 없었다. 정확히 말하면 그때 무슨 말을 했는지 기억이 나지 않는다. 아마 "어머니, 저예요." 이게 전부 아니었을까 싶다.

그때 어머니는 마치 주술이나 계시처럼 이렇게 말하셨다.

"살아 있어라. 어디 가서 뭐가 되든 살아 있어라. 무조건 살아만 있어라."

시간이 좀 흘렀을 때 어머니가 남들 다 가는 군대를 간

아들에게 이다지도 비장한 말을 한 이유를 생각해 봤다.

어머니는 일제와 전쟁을 겪은 세대였다. 끔찍한 이별과 죽음이 매일매일 눈앞에 펼쳐진 인생을 살았을 것이다.

징용이나 전쟁에 끌려가 부고로 돌아온 집안 남자들의 얼굴이 어머니의 기억에는 생생히 남아 있었을 것이다. 그런 세월을 살았던 어머니에게 가장 중요한 가치는 살아 있는 것이었다.

살아 있지 않으면 아무것도 할 수 없으므로. 얼굴을 볼 수도, 사랑한다는 말을 할 수도, 만질 수도, 원망을 할 수도 없으므로.

그 저녁

군에서 제대하고 복학을 포기한 채 잠시 서울 근교 비닐
하우스 화훼단지에서 일을 한 적이 있었다.

주로 숙부가 하던 비닐하우스 일을 도왔는데 가끔은 일
당을 받고 근처 다른 농장일을 하기도 했다. 한번은 옆 농장
아저씨에게 느티나무 묘목을 하우스에서 노지로 옮겨 심을
수 있게 적당한 크기의 구덩이를 파 달라는 부탁을 받았다.
봄이 되면서 하우스에서 키우던 느티나무 묘목을 밖에 옮겨
심을 구덩이를 만드는 일이었는데 내 종아리 높이 정도 되
는 구덩이를 500개 정도 파야 했다. 구덩이 하나에 200원쯤
을 받기로 했던 것으로 기억한다.

극단적으로 단순한 일이었다. 처음에는 집어치우고 싶을
만큼 지루하고 힘들었다. 20~30번 정도 삽질을 하고 옆으
로 옮겨서 또 삽질을 반복하는 일은 끝도 없는 고행이었다.

동틀 무렵부터 시작해 잠시 밥 먹는 시간을 빼고는 손에서 삽을 놓지 않았다.

구덩이를 한 100개쯤 팠을 때부터 경미한 쾌감이 나를 찾아오기 시작했다. 나는 구덩이 숫자가 하나둘 늘어나는 걸 보면서 웃옷까지 벗어 버리고 점점 그 일에 몰입하기 시작했다. 정확히 말하면 나도 모르게 그 반복 작업에 빠져들고 있었다. 저녁 노을이 질 무렵 이상한 환희가 몰려오기 시작했다. 온몸의 근육과 뼈가 아팠지만 설명할 수 없는 무아지경 속에 내가 있었다. 너무너무 행복했다.

벌판 저쪽에서는 노을이 지고 있었고, 내가 파 놓은 구덩이 수백 개가 나란히 줄을 맞춰 선 채 나를 경배하고 있었다. 세상은 고요했다. 고대의 의식 같았다.

나도 모르게 눈물이 났다. 장식을 모두 걷어 낸 아름답고 단순한 저녁이었다. 오로지 땀이 있었고, 바람이 있었고, 노을이 있을 뿐이었다. 마치 고요한 진공관 안에 들어 있는 듯했다. 나는 한참을 나일강의 노을 앞에 선 고대 이집트의 석공처럼 서 있었다. 그사이 피부는 황동상처럼 그을려 있었다. 몸에서 모든 기름기가 빠져나간 경쾌한 느낌이 나를 지배했다.

지금도 그 봄날 저녁을 잊을 수가 없다.

그로부터 몇 달이 지난 늦여름. 복학을 하기로 마음을 고쳐먹고 화훼촌을 떠났다. 그 이후 다시는 그런 감동을 경험하지 못했다.

존재하는 것만으로도 완전한, 그 저녁을 내 생에 다시 한번 맛보고 싶다.

그 밤

왜 그랬는지 모르지만 최근까지 오정희 소설을 읽은 적이 없었다. 특별한 계기가 생기지 않아서였지만, 왠지 선뜻 손이 가지 않았다.

문청 시절 남들은 오정희 중단편을 필사해야 한다고 수선을 떨었지만 난 크게 동요되지 않았다.

나중에 등단하고 신문사 문화부에서 일을 하면서 아주 간혹 오정희 선생을 만나기도 했다. 그때마다 마음 한편이 좀 찝찝했다. 선생에게 내 시집을 보내 드리고 잘 읽었다는 답신을 받으면서도 난 선생의 소설을 읽지 않았다.

그렇게 시간이 흘렀고 최근 아주 우연히 오정희 소설집을 읽게 됐다. 직장 동료 책상 위에 재출간된 오정희 중단편집이 덩그러니 놓여 있었다. 얼른 책을 집어 들고 읽기 시작했다. 운명의 장난으로 뒤늦게서야 만난 인연이라도 되는 듯 점심시간도 거른 채 몰입해서 읽었다.

소설은 좋았다. 읽는 내내 자꾸만 대여섯 살 무렵 어린 날의 어떤 장면이 생각났다.

어머니는 한국전쟁 때 피란 갔던 기억을 트라우마로 지닌 채 살았던 세대였다. 내가 대여섯 살 때면 전쟁이 끝난 지 20년도 채 안 지난 무렵이었으니 그 끔찍한 일이 뇌리에 생생한 건 어쩌면 당연했다. 길에 시체가 널려 있고, 몇 날 며칠을 굶은 채 남의 집 처마 밑에서 잠들며 목숨을 부지했던 기억을 어떻게 잊을 수 있겠는가.

그 시절에는 이런저런 이유로 밤이면 사이렌 소리가 들리곤 했다. 사이렌 소리가 들릴 때마다 가뜩이나 예민한 성격에 트라우마까지 있는 어머니는 조건반사처럼 전쟁의 기억을 떠올렸고 나를 깨워서 옷을 입혔다.

두꺼운 양말에 바지 두 겹, 목도리에 모자까지 씌우고 어머니는 내게 말했다.

"엄마랑 헤어지면 지나가는 사람에게 또박또박 엄마 아빠 이름, 주소 말해라. 엄마가 찾으러 올 테니 그때까지 밥 먹여 주면 보답하겠다고 하고, 따발총 소리 나면 무조건 엎드려야 한다. 솜이불도 따발 총알은 못 막는다…… 알았지 바오로야."

오정희 소설을 읽으니 자꾸 그 밤이 생각났다. 백열등의 흐릿한 불빛, 엄마가 옷을 꺼내던 옻칠이 벗겨진 반다지, 잠결에도 나를 움찔하게 했던 사이렌 소리, 엄마가 다급하게 입에 넣어 주던 엿이나 떡. 서울 변두리 작은 한옥에서 일어난 소소한 해프닝이었지만, 그 풍경의 내면에는 말할 수 없는 비장함이 깔려 있었다.

오정희 소설이 그랬다. 어느 거리, 어느 집에서 일어난 소소한 일상을 그렸지만 너무나 유장했다. 태연함 속에 언뜻언뜻 드러나는 비장함. 그것이 나를 흔들었다.

오정희 소설에 등장하는 인물들에게는 만남도 헤어짐도,

삶도 죽음도 소소하다. 남의 집에 얹혀사는 노파도, 검은 지프차를 타고 나타나는 관리도, 미군에게 웃음을 팔아야 했던 여인도, 병석에 누워 고통을 감내하는 사람도, 그것을 지켜보는 화자도…… 모두 던져진 생을 배우처럼 살 뿐이다. 역사책에 단 한 줄 남을 일 없는 생이지만 그들은 살아간다. 때로는 울고, 때로는 원통해하고 때로운 희망 같은 것도 품고, 때로는 웃기도 하면서…….

그렇다. 산다는 건 어제 피를 토할 비극이 있었더라도 오늘 물 만 밥을 먹으며 그것을 받아들이는 일이다.

살아 있는 모든 것은 비장하고 또 한편으로는 소소하다.

강물

할머니는 이런 말씀을 종종 하셨다.

"물이 불보다 더 무서운 거다. 가뭄 끝은 있어도 홍수 끝은 없단다."

가뭄은 바싹 말리기만 할 뿐 모든 걸 그 자리에 남겨 놓지만, 홍수는 아무것도 남겨 놓지 않고 다 쓸어가 버린다는 의미였다.

이래저래 강 주변에 살 일이 많아서였을까.

내 머릿속에서 이 말은 오랫동안 잊혀지지 않고 자리잡고 있다.

언젠가 큰 홍수가 났을 때, 강을 보러 간 적이 있다.

엄청난 기세로 쓸려 내려가는 흙탕물 속에는 정말 별의별 게 다 있었다.

뜯겨 나간 지붕, 죽은 짐승들, 책상, 변기, 자동차까
지……

인간사의 내밀한 서사가 전부 떠내려 오고 있었다.

그리고 며칠 후 언제 그랬냐는 듯이 강은 조용해졌다.

하지만 나이를 먹으며 무서운 강물에게도 미덕은 있다는
사실을 알게 됐다.

강물에게는 과거를 묻지 않는 미덕이 있다.

자기를 찾아온 모든 것들을 묵묵히 바다로 나를 뿐.

왜 왔는지, 어디서 왔는지 묻지 않는다.

그저 모든 것을 바다로 가져갈 뿐이다.

강물은 칭찬을 들을 때나 비난을 들을 때나 한결같다.

묵묵히 도시를 가로질러 갈 뿐이다.

정식 간격

나무는 다른 나무들과 늘 정식 간격을 두고 자란다.

나무들의 정식 간격이 부럽다.

햇볕이나 양분을 나누기 위한 것이겠지만 그 간격 유지는 정말 놀랍다. 키 큰 나무 사이 공간이 생겼다고 해서 무조건 키 작은 나무들이 자라는 것이 아니다. 서로에게 허락된 나무, 즉 큰 나무와 작은 나무 서로에게 해가 되지 않을 나무들만이 자라서 숲의 일원이 될 수 있다.

이처럼 나무들은 서 있는 자리를 바꿀 수 없는 숙명에도 불구하고 서로에게 허락된 정식 간격을 지키기 위해 생장을 포기하는 순교마저도 서슴지 않는다.

숲을 위해서다.

나는 가까이 다가와서 몸을 기대고 속삭이는 사람을 믿지 않는다. 그보다는 서로의 경계를, 사람 사이의 비무장지

대를 인정하고 존중하는 사람들이 좋다.

숲은 그들이 지키고 있는 것이므로.

눈

나는 눈의 고독을 바라보며,
눈의 냉정함을 바라보며 전율한다.
모든 세상사를 덮어 버린 폭설 앞에서,
옳고 그름마저 덮어 버린 눈앞에서 난 전율했고, 또 패배
했다.
그 무결함 앞에서 무릎을 꿇고 울었다.
폭설은 늘 그렇게 왔다.

세상 같은 건 더러워서 버리겠다던 백석의 눈 앞에서
당신에게 가는 길조차 지워 버렸던 이별의 눈 앞에서
앳된 병사의 철모 위에 밤새 쌓였던 그리움의 눈 앞에서
야스나리를 찾아가는 걸음을 막아서던 초월적인 눈 앞
에서

나는 늘 무릎을 꿇었다.

눈이여
그대는
나를 패배시키고 무얼 얻었나.

그 산길

최근 어머니를 여읜 후배의 메시지를 받았다.

힘들어하고 있었다. 표현 불가능한 고통 속에서 죽어 가는 어머니를 보며 후배는 많이 울었다고 했다.

마음이 오래 무거웠다. 덩달아 오래된 내 기억도 떠올랐다.

어린 나이에 상주가 됐던 삼남매는 마지막 가는 어머니에게 더 비싼 수의, 더 비싼 관을 쓰지 못한 걸 미안해했다.

뭘 안다고 그런 생각을 했을까.

서로를 다독이며 걸어 내려오던 그 산길을, 그날 내렸던 차가운 봄비를, 누이와 동생의 작고 초라했던 뒷모습을 나는 영원히 잊지 못한다.

세월이 흘러 나는 이미 어머니의 나이를 넘어섰다.

사진 속 어머니는 이제 나보다 젊다.

그래도 그날의 기억만큼은 시간이 갈수록 또렷해진다. 도망칠 수가 없다.

그 책들

폐족을 떠올리듯 어떤 추억이 오늘 문득 날 찾아왔다.

예전 문고판 세계시인선 『말도로르의 노래』 속지에는 달리가 그린 로트레아몽이 있었다. 『이곳에 살기 위하여』에는 피카소가 그린 엘뤼아르가 있었고 『미라보 다리』에는 마티스가 그린 아폴리네르가 있었다. 이제 그 책들은 서점에서 사라진 지 오래다. 비가 내린다.

몸이 하는 일

나는 자주 아프다. 약한 체질을 타고난 것 같다. 내가 튼튼한 사람이었다면 나는 분명 지금과는 다른 사람이 되어 있었을 것이다.

군이 스피노자나 모리스 메를로 퐁티를 거론하지 않더라도 몸이 정신을 지배한다는 주장이 맞는 듯하다.

사람은 무엇을 하든 결국 몸이 허락한 한계까지만 할 수 있기 때문이다. 그것이 어딘가 높이 올라가는 것이든, 무거운 짐을 지는 것이든, 하루에 수십 명을 만나 협상을 하는 것이든, 몇 고랑의 밭을 가는 것이든 아니면 온 집중력을 다해 누군가를 사랑하는 것이든 결국 몸이 허락해야 가능하기 때문이다.

한 사람이 할 수 있는 일의 한계는 정신이 정하는 게 아니라 몸이 정하는 것이다.

활발하게 여기저기 글을 올리고, 누군가를 맹렬하게 비난하거나 상찬하고, 사회적인 사건에 열변을 토하는 사람을 볼때 나는 이 사람을 '신념에 가득찬 사람'으로 보지 않는다. 단지 '몸이 건강한 사람'이라고 생각한다.

분노도 열정도 지향도 타협도 계획도 심지어 좌절도 몸이 허락하는 선까지만 할 수 있다. 나는 나의 몸이다.

애도

　요즈음 많은 죽음을 마주했다. 사람들은 그렇게 옆집으로 이사 가듯 죽었다. 죽음은 어느 순간 태연하게 우리 곁에 있었다. 누군가가 죽었지만 햇살은 여전히 빛났고, 꽃은 아름다웠다.

　슬픔이라는 짐을 벗지 못한 우리들만 그들을 보내지 못했다.

　삐딱한 생각이 들었다.

　우리는 애도를 하면서 안도를 하는 것이 아닐까.

　인간은 애도라는 형식을 통해 나는 죽지 않았음을 확인하는 것 아닐까.

　애도라는 형식은 아무리 생각해도 죽은 자가 아닌 산 자를 위한 것이라는 생각이 들었다.

20대 시절. 어머니가 돌아가셨을 때 그 와중에도 밥을 먹고, 여자친구에게 전화를 하고, 장례 비용에 신경쓰는 나를 스스로 저주했던 적이 있었다.

말로 표현할 수 없는 상실감 앞에서 육개장을 퍼먹는 나 자신이 왜 그렇게 미웠는지.

눈물과 육개장.

이 두 가지 상징적 단어는 오랫동안 숙제처럼 나를 따라다녔다. 물론 과학적으로 죽음이 뭔지, 왜 누구는 떠나고 누구는 남는지 이런 문제들의 숙명적 결론을 부정하거나 이해하지 못하는 것은 아니었다. 하지만 나는 다시는 내 앞에 나타날 수 없는 사람들에게 미안했다. 오늘도 여전히 먼저 떠난 그들에게 미안하다.

모두 별이 되시기를…….

선(線)

노을 속을 막 이륙하는 비행기를 바라보면서 생각했다.
계산된 선일 텐데 이렇게 아름답다니. 테크네는 아르스다.

스승

나는 스승을 둔 적도, 누군가의 스승이었던 적도 없다.

물론 존경하는 어른이나 친구, 후배는 있다. 하지만 '스승'이라는 말에 합당한 대상을 갖지는 못했다. 시간강의를 한 적도 있지만 교습자였을 뿐 '스승'은 아니었던 것 같다.

난 궁금하다. 스승의 일상을 가족처럼 챙기고, 철마다 인사를 드리고, 스승의 한마디에 일희일비하고, 무리지어 스승을 기념하고…… 그게 뭘까.

그들에게 스승은 무슨 계시를 내려 준 것일까. 밥을 해결해 준 것일까. 아님 외로움을 덜어 준 걸까. 아님 이데올로기인가…… 정말 궁금하다.

난 앞으로도 스승을 두지 못할 것이며 누군가의 스승도 되지 못할 것이다.

명절

나는 이제껏 집에서 송편 빚는 걸 본 적이 없다. 집에서 김장을 하는 것도 본 적이 없고 한복을 입어 보거나 제사를 지내 본 적도 없고 명절마다 집에서 그 절기에 해당하는 음식을 먹거나 의례를 행해 본 적도 없다. 서울 도심 가톨릭교도 집안에서 자랐기 때문이기도 하겠지만 가장 큰 이유는 어른들의 부재 때문이었을 것이다. 조부모는 이미 내가 태어나기도 전에 돌아가셨고 어머니의 부재도 빨랐다. 일찍 가시기도 했지만 어머니는 떠나시기 전까지 오랜 시간 투병 중이셔서 집안일을 하실 상황은 아니었다. 그나마 아버지는 밥보다 감자와 버터 으깬 걸 더 좋아하는 친미 모던보이였다.

그래서 명절마다 난감했다. 이게 뭐지, 하면서 어색해했다.

한복을 입고 텔레비전에 나와 절을 하는 연예인들을 보며 '과장된 무대극' 같다는 생각을 했다. 나이를 먹고도 난

감했다. 날 사랑한다는 여자애들도 명절날만큼은 나랑 놀아
주지 않았다.

　일탈의 화신인 것처럼 굴던 친구들도 명절에는 거세된
염소처럼 집으로 돌아갔다.

　지금도 별반 다르지 않다. 난 여전히 명절이 난감하고 명
절이 어색하고 명절이 이국적이다.

그 따위

군대 시절 내무반 청소를 하면서 TV를 힐끗거리다 나도 모르게 소리를 질렀다. 앗 해팔이다.

신해철의 별명은 해팔이였다. 그는 내 학교(보성고등학교) 2년 후배였고, 비슷한 동네에 살았고, 둘 다 성당(내 기억으로 해철이의 세례명은 아우구스티누스였다.)에 다닌다는 이유로 알고 지낸 사이였다.

해철이는 자그마한 체구에 흰 얼굴의 모범생이었고 나는 '한 번만 더 문제를 일으키면 퇴학'이라는 최후 통첩을 받아든 말썽꾸러기 선배였다. RCY(적십자 학생회) 행사 때 노래를 부르기도 했던 해철이였지만, 나는 그가 대학가요제까지 나올 줄은 생각도 못하고 있었다. 고등학교를 졸업하고 한동안 그를 못 봤기 때문에 해철이가 그저 그런 모범생으로 살아가고 있으리라 생각하고 있었고 TV에 나온 그의 모습은 놀랍기만 했다.

그로부터 오랜 시간이 흘러 나는 문화부 기자로 해철이는 가수로 한남동의 한 술집에서 조우한 적이 있었다. 같은 고등학교 출신으로 노래 운동을 하는 동기도 함께였다. 그때 나는 문학에 대해, 해철이는 음악에 대해, 동기 녀석은 운동에 대해 회의를 느끼고 있었다. 우리는 술을 엄청나게 마셨고, 그날 해철이는 어떤 '따위'들에 분노하고 있었다. 그 따위들이 음악을…… 그 따위들이 예술을…… 이런 식이었다. 우리는 새벽까지 '그 따위'들을 욕하며 술을 마셨다.

돌이켜보면 왜 성인 아우구스티누스가 마왕이 되어야 했는지 대충 알 것 같기도 하다. 세상이 그에게 성인을 허락하지 않았던 것이다. 음악에 대한 그의 순정함은 매우 진지하고 아름다웠다. 물론 인간에 대해서도 순정했다. 가끔 섬광처럼 분노를 보였지만 그건 따뜻한 분노였다.

그 이후로 해철이를 보지 못했다. 아주 가끔 대중음악을 담당하는 후배를 통해 소식을 듣는 정도였다. 그리고 어젯밤. 그의 소속사로부터 그가 사망했다는 보도자료를 받았다.

……곧이어 우리가 재잘거리며 등교하던 그 혜화동길이 생각났다.

지금 혜화동엔 아무것도 없다. 우리가 다니던 학교도 강남으로 이사를 갔고 로터리에 있던 분수도 사라졌다. 하지만 사라진 것들은 사라졌기 때문에 영원하다.

잘가라 혜화동의 해철아…… 아니 해팔아…… 마왕아…… 아우구스티누스야……

'그 따위'들일랑 다 잊고

노을 속으로 떠나는 저 기차를 타고 가거라.

나무와 바람

어린 시절 마을에 있던 어떤 나무를 매우 볼품없다고 생각한 적이 있었다. 그리 크지 않은 나무였는데 전체적으로 위태롭게 휘어져 있었고, 줄기와 잎은 한쪽으로만 몰려서 나 있었다. 균형감이라고는 도무지 없이, 그저 서 있는 것이 다행인 것처럼 보이는 그런 나무였다.

하지만 어느 순간부터 그 나무가 멋있어 보이기 시작했다. 그렇게 된 데에는 계기가 있었다. 어느 비바람이 불던 날 나무를 봤다. 나무는 바람과 너무나 잘 어울렸다. 나무는 바람에 몸을 맡긴 채 자연스럽게 서 있었다. 그 나무는 마을에서 바람과 가장 친한 나무였다.

주말의 명화

어린 시절 주말의 명화로 꿈을 꿨다.

어머니는 일찍 자라고 성화였지만 나는 이불 밖으로 얼굴을 빼꼼히 내밀고 귀에 익은 멋진 시그널 음악을 기다렸다. 그럴 때면 동북아시아의 낡은 한옥집을 떠나 다른 세상에 가 있는 것 같았다.

KBS 1TV 「명화극장」의 시그널 음악은 영화 「바람과 함께 사라지다」에 나오는 타라의 테마(Tara's Theme)였다. 막스 스타이너가 작곡한 걸 클레바노프 스트링스가 편곡했는데 관현악의 웅장함이 어린 가슴을 흔들었다. 주인공 타라가 "내일은 내일의 태양이 떠오를 테니까!"라며 두 주먹을 불끈 쥐고 생의 의욕을 다잡는 장면에서 흘러나왔던 바로 그 곡이다.

10년 전쯤 없어진 KBS 2TV 「토요명화」의 타이틀 곡은 스페인 작곡가 호아킨 로드리고가 만든 「아랑훼즈 협주곡」 중 2악장 아다지오였다. 베르너 뮐러 오케스트라가 연주한 것을 사용했는데 뮐러가 편곡한 곡의 앞부분과 원곡의 뒷부분을 절묘하게 섞어서 내 귀를 홀렸던 것으로 기억된다.

MBC 「주말의 명화」는 1960년대 인기를 끈 영화 「엑소더스」의 주제곡 「The Exodus Song」을 그대로 가져다 썼다. 폴 뉴먼과 에바 마리 세인트가 주연한 이 영화는 레온 유리스의 소설을 바탕으로 만들었는데 한국에서는 '영광의 탈출'이라는 제목으로 개봉을 했다.

이제 이 시그널들은 추억 속에만 있다.

충무로 대한극장 에스컬레이터를 타고 내려오다 문득 그 시절로 빨려들어가는 듯한 느낌이 들었다. 눈을 감았다. 행복했다.

배와 바다

배는 바다의 풍경을 해치지 않는다. 길을 내기 위해 공사를 할 필요도 없다. 물론 바다 위에 바퀴자국을 내지도 않는다. 배는 그저 바다의 일부다.

바다를 거스르지 않고, 바다에 도전하지 않는다. 바다가 받아 주면 바다로 나가고, 바다가 받아 주지 않는 날은 순명을 따르듯 항구를 지킨다. 배는 바다가 시키는 대로 산다.

기차 레일

멀리서 보면 기차 레일은 생선뼈처럼 생겼다. 발라먹고 남은 생선뼈는 자신의 살을 먹어 치운 사람들을 태우고 어디론가 간다. 사람들은 생선뼈에 몸을 맡긴 채 눈을 감는다. 미끄러지듯 생선뼈 위를 달려 어디로 가는 것일까.

새

친구가 갑작스럽게 생을 마감했다.

어린 시절 녀석과 나는 폐수에 빠진 새를 건져내서 키운
적이 있었다. 날개 다친 새를 씻기고 말려서 정성스럽게 돌
봤다.

하지만 새는 시름시름 죽어 갔다. 우리가 열심히 먹이를
가져다 놓아 주었지만 새는 결국 죽었다. 어른들이 그랬다.

"철새는 못 날아가면 제 풀에 죽는 거야."

새를 묻고 얼마 후 취학통지서가 나왔었다.

그대 잘가라……

책

가끔 내가 몇 명 남지 않은 '책의 제사장'일지도 모른다
는 뜬금없는 생각을 하기도 한다. '책 읽기'라는 거대한 제
의를 진행하고, 그 형식을 계승시키고, 사람들에게 짐짓 엄
숙한 화두를 던지는 제사장 말이다. 그래도 얼마나 다행인
가. 아직 그 제의를 보러 오는 사람들이 있다는 사실이.

나는 빅 히스토리를 좋아한다. 그 시각으로 봤을 때 책의
등장과 소멸은 슬퍼하거나 기뻐할 일이 아니라 하나의 현상
이자 팩트다. 원시인류를 기준으로 300만 년 정도 역사를 살
아온 인류에게 잠시 '책의 시대'가 있었고, 나는 그 시대를
살았던 인류의 한 명이었던 것이다.

내가 살았던 시대가 '책의 시대' 끄트머리였으면 어떠랴.
책을 읽었고, 사유했고, 행동했고, 한 시대를 살았으면 그뿐.

영원히 책에서 깨어나지 않을 것이다.

국경

　'국경'이라는 말은 언제 들어도 슬프도록 낭만적이고 두려울 정도로 낯설다.

　위도와 경도가 다른 낯선 국경에서 입국 심사를 받고 있을 때 심정은 진공관 안에 들어 있는 듯 외롭다. 어쩌면 그 외로움 때문에 국경을 넘는 것일지도 모른다.

　어느 늦은 밤.

　낯선 나라의 입국 심사대 앞에 혼자 서 있는 순례자이고 싶다.

그 바다

바닷가를 바라보며 낭만을 떠올리기엔 너무 무겁고 힘겨운 시대가 있었다.

사투리와 노동과 이별이 뒤섞인 채 흐느끼던 바다가 있었다. 그 시절 예민한 청년들에게 항구는 희망보다는 절망에 가까웠다. 시대와 가난이 감수성의 운명을 결정했던 날들이었다.

그래도 바다만은 아름다웠다. 슬픈 청춘도, 굵고 검은 어부의 팔뚝도 바다 앞에선 아름다웠다.

그날의 바다가 문득 그립다.

기차

얼마 전 글 쓰는 친구와 당일치기 기차여행을 했다. 지역에서 열리는 백일장 심사를 하기 위해 간 것인데, 우리는 그동안 못 나누었던 이런저런 이야기를 많이 털어놓았다.

알고 지낸 지 수십 년이 됐지만 차마 못했던 이야기를 그날따라 아무렇지도 않게 주고받았다.

서로에게 섭섭했던 이야기, 창피해서 못했던 이야기, 고민스러운 이야기를 자연스럽게 실타래 풀어 놓듯 끄집어 낼 수 있었다. 그날따라 왜 그랬을까. 아무래도 그건 기차의 힘이다.

기차를 함께 타면 어쩔 수 없이 나란히 앉게 된다. 사실 낯선 경험이다. 사람을 단둘이 만나면 당연히 마주보고 앉게 되지 나란히 앉을 일은 별로 없다. 그렇다 보니 한 사람이 창밖을 보면 한 사람은 실내를 보게 된다. 결국 같은 걸 보지 못하는 셈이다. 하지만 기차는 나란히 같은 방향을 보고 앉게 된다. 같은 방향을 보고 같이 흔들리는 경험은 서로를 친밀하게 만들어 준다. 서로 눈을 보고 있지 않으니 덜 민망해서 고백하기도 편하다.

그날 친구와 나는 왕복 여섯 시간 정도 기차를 함께 타면서 긴 고백의 시간을 가졌다. 때로는 무릎을 치기도 했고, 눈물을 글썽이기도 했고, 함께 분노하기도 했다.

서울역에 내려 헤어질 때 한 사람을 제대로 만났다는 느낌이 들었다.

그렇다. 기차는 고백이다.

기차여행

내게 기차를 탄다는 건 아주 매력적인 경험을 하는 것이다.

서울 출생이라 기차를 타 본 적이 많지 않다 보니 기차에 관한 기억엔 늘 사연이 따라다닌다.

대학시절 수배 중이던 친구와 함께했던 여행, 군입대 날 탔던 입영열차, 고향에 내려가는 여자친구를 데려다주고 돌아오던 밤 열차. 이런 것들이다.

여기에 해외여행을 시작하면서 경험한 외국 기차여행도 특별했다. 동구가 붕괴된 지 얼마 안 되었을 때 감행한 체코 기차여행, 고비사막을 횡단했던 실크로드 기차여행, 달력에나 나올 것 같은 풍경이 마음을 사로잡던 알프스 산악열차, '카시오페이아'라는 이름에 이끌려 탔던 일본열도 종단 침대열차.

기차는 늘 그랬다. 한 컷의 추억이자 사연이었다.

밤기차

가끔 밤기차가 지나가는 걸 물끄러미 쳐다볼 때가 있다.
미끄러지듯 지나가는 밤열차는 흡사 진공관 같은 하늘을 가
르고 지나가는 우주선처럼 보이기도 하고 한 마리 사연 많
은 짐승처럼 보이기도 한다.

캄캄한 세상을 가르는 밤기차의 불 켜진 창은 하나 하나
가 스크린이다.

스크린 안에는 때로는 가슴 아픈 사연이 때로는 기쁜 사
연이 들어 있다. 승리한 자가 등장하기도 하고, 실패한 사람
이 등장하기도 한다. 그리움의 드라마가 펼쳐지기도 하고,
미움의 드라마가 펼쳐지기도 한다.

밤기차의 불 켜진 창은 생의 스크린이다.

서해 바다

화려한 모든 것 다 내려놓고 이제 평민이 되어 버린 바다
그 바다에 갔다.
쇠락한 어촌에서 만난 일몰의 겨울바다는
인생과 닮았다.
실패한 생이 오히려 밀도가 더 높듯
쇠락한 바다가 더 가슴에 깊게 남는다.
바다는 망했어도 여전히 바다다
자신감 넘치던 빛나는 시간들 모두 뒤로하고
누구라 할 것 없이 결국 평범하고 초라해지는 것
그것이 인생이고 그것이 바다다.
보석 같은 푸른 파도와
재잘거리는 유희가 없어서 더 바다 같은 바다
모든 것 내려놓고 평민이 되어 버린 바다
그 서해 바다에 다시 가고 싶다.

골몰

무슨 생각에 집중하다 보면 꼭 실수를 하는 편이다.

특히 집을 나서 전철역까지 갔다가 발길을 돌리는 일이 흔하다.

요즘 챙겨 먹어야 하는 약이 있는데

그걸 자꾸 잊어버리는 바람에

오늘은 아침에 눈을 뜨자마자 그 약봉지에 온 신경을 집중했다.

그러다 지갑 챙기는 걸 잊었다. 결국 다시 집으로 가야 했다.

뭔가에 골몰한다는 건, 뭔가를 소홀히 한다는 것일 수 있다.

지평선

『중용』에 군자는 평지에 거하고 소인은 험한 곳을 다닌다는 말이 있다.

그렇다면 나는 소인이 맞는 것 같다. 매일매일 가파른 몇 개의 에스컬레이터와 힘겨운 계단을 오르고 내리면서 사니 말이다. 늘 주변은 막혀 있고, 똑바로 걷기 힘들 정도로 사람이 많은 곳을 지나쳐야 하고, 고르지 않은 보도블록에 걸려 넘어지기도 한다.

생각해 보니 끝도 없이 펼쳐진 광활한 평지는 바라보는 것만으로도 그 사람을 군자로 만들 것 같다.

지평선을 보지 못하고 사는 삶.

아무래도 군자의 삶은 아닌 듯하다.

그나마 여행 중 지평선을 본 적이 있다. 횡단철도를 타고 고비사막쯤을 지날 때였다. 멀리 물결 같은 게 보였다. 사막에 저렇게 푸른 물결이 있을 턱이 없는데 말이다. 나중에 알고보니 착시의 일종이었다. 끝도 없이 지평선이 펼쳐지다 보니 하늘색이 진해 보이고 움직이는 것처럼 느껴져서 그것이 물결처럼 보일 수도 있다는 이야기였다.

수십 킬로미터 밖의 지평선 위를 흐르는 바다. 실재하지는 않지만 내 눈에는 보이는 바다. 그 바다는 내가 가까이 가면 더 멀리 도망쳤다. 다가갈수록 멀어지는 착시의 바다.

그래도 나는 그 바다에 가 닿고 싶었다.

시간

'시간'이라는 단어의 오지랖은 너무나 넓다. 너무나 넓어서 멋지다.

'시각과 시각 사이의 간격 또는 그 단위'라는 사전적 의미에서부터 '자전주기를 재서 얻은 단위'라는 과학적인 뜻까지 하나 하나 매력적인 정의들이 등장한다.

역시 가장 근사한 것은 '사물의 현상이나 운동, 발전의 계기성과 지속성을 규정하는 객관적인 존재 형식'이라는 철학적 정의다.

사물의 현상을 이해할 때 시간은 중요하다. 시간은 어떤 일이나 사물의 가치를 영원의 세계 속으로 넘겨 버린다.

시간은 과거를 '정지된 것' '기억된 것'으로 남겨 둔다. 시간은 냉정하게 기억만을 남긴 채 현재를 지나 미래로 가 버린다.

그래도 과거는 가끔 힘이 세다. 화석이 되어 현재를 사는 우리를 불러세운다.

서점

　마음의 양식을 구하러 오랜만에 서점에 들렀다. 하지만 서점 건물을 걸어 나오는 내 손에는 책이 아니라 서점 1층 빵집에서 산 빵 몇 개만이 들려 있었다.

　책을 살 수 없었다. 오래전 서점에서는 지식의 지형도나 교양의 지형도 같은 게 보였던 것 같은데, 이제는 상업적 지형도만이 보인다. 상업적인 의도로 쓰여 상업적인 과정을 거쳐 서점에서 팔리는 책들이 각기 고도의 상업적인 목적을 드러낸 채 서고를 장악하고 있었다.

　"서고에 들어서면 이 양피지와 저 양피지가, 과거와 현재가 대화를 나누는 소리가 들렸다"던 소설 『장미의 이름』에 나오는 아드소의 독백 같은 건 이제 없었다.

　소년 시절 두툼한 책들이 빽빽이 꽂혀 있는 책장 사이에서, 그 문명의 석상들 사이에서 느꼈던 행복이 그립다. 위압과 환희가 함께 있던 그 순간들은 이제 다시 오지 않는다. 슬프지는 않다. 빅히스토리로 보면 이것 또한 세상사고, 이것 또한 진화다. 단지 내가 진화에서 소외되고 있을 뿐.

빵을 들고 나오며 생각했다.

"그래 어쨌든 이것도 양식이니까."

난 오늘치의 양식을 들고 서점을 걸어 나오고 있었다.

° 움베르토 에코, 이윤기 옮김, 『장미의 이름(상)』(열린책들, 2006).

철길

어린 시절 어머니가 많이 아프셔서 시골에 사는 아버지 친구 집에 맡겨진 적이 있었다. 대여섯 살 무렵이었던 것 같다. 내게 그 유년의 경험은 잊힐 수 없는 상처로 남아 있다. 갑자기 어머니 품을 떠나 생면부지의 타인에게 맡겨진 경험이었으니 오죽했을까. 게다가 내가 살던 서울과는 너무나 다른 환경도 어린 마음을 힘들게 했다. 그때까지만 해도 그 시골 마을에는 전기가 들어오지 않았다. 등잔불이 있기는 했지만 밤이 오는 게 너무 두려웠다. 하루하루 나를 버티게 한 건 어머니가 날 데리러 올 것이라는 기대감밖에 없었다.

마을 한복판에는 철길이 있었다. 그 철길은 어머니와 나를 이어 주는 유일한 끈이자 희망이었다. 나는 아침마다 눈을 뜨면 그 철길을 따라 역으로 달려가곤 했다. 내가 맡겨진 집에서 역까지는 꽤 먼 거리였던 것으로 기억한다. 숨이 찬

줄도 모르고 힘든 줄도 몰랐다. 역에 도착하면 나는 아무나 붙잡고 우리 엄마 기차에서 안 내렸냐고 물었다. 어른들이 "네 엄마가 누군데" 하고 다시 물으면 나는 "퍼머 머리한 엄마요."라고 대답을 하곤 했다. 어린 생각에 그 마을 아주머니들과 내 어머니의 가장 큰 차이는 아마도 머리 모양이었나 보다. 1970년대 초반이었으니 그 시골 마을 여인들의 머리 모양으로는 퍼머 머리가 드물었다. 대부분 쪽진 머리이거나 단순하게 커트한 경우가 많았다.

그렇게 1년여를 매일같이 역까지 뛰어갔다. 내 눈앞에 펼쳐졌던 철길은 내 그리움의 근원으로 가는 통로이자 내가 버려지지 않았다는 유일한 증거이기도 했다. 그리고 시간이 흘러 어머니는 날 데리러 왔고, 나는 그 철길을 따라 마을을 떠났다. 그날 이후 한 번도 그곳에 가 보지 못했지만 지금도 철길을 보면 그 유년의 삽화가 떠오른다.

집으로 돌아오던 날, 단 한 번도 내 손을 놓지 않았던 어머니의 온기가 지금도 생생하게 기억이 난다. 하지만 어머니는 이제 세상에 안 계시다.

세월은 그렇게 빠르게 흘러갔다. 철길을 따라.

축구

노벨상 수상 작가이자 사상가인 알베르 카뮈는 열일곱 살 때까지 축구선수였다. 하지만 결핵에 걸리면서 축구의 꿈을 접어야 했다.

세월이 흘러 세계적인 작가가 된 카뮈에게 친구가 물었다.

"인생을 다시 산다면 축구하고 문학 중 무엇을 선택할 거야?"

카뮈의 대답은 명쾌했다.

"그걸 말이라고 해. 당연히 축구지."

축구는 원시적이면서 위대하다.

전 세계에서 심판의 휘슬 한 번에 고개 숙이는 룰은 축구 룰밖에 없다. 유엔이나 국제조약은 어겨도 축구 심판 앞에서는 이슬람이든 기독교든, 강국이든 약소국이든 모두 고개를 숙인다.

사실 축구의 원시적인 매력은 여러 가지다.

우선 축구는 공을 소유할 수 없다. 다른 구기 종목은 공을 손에 소유할 수 있다. 하지만 축구는 내 발 가까이에 있을 뿐 내가 쥐고 있는 것은 아니다. 공은 그저 골키퍼에게 갔을 때를 제외하고는 90분 내내 굴러다닐 뿐이다. 그러니 죽어라고 뛸 수밖에 없는 것이다.

축구는 또 네트를 기준으로 나와 상대가 나뉘어 있지 않다. 공수교대도 하지 않는다. 역시 죽어라고 부딪치면서 뛸 수밖에 없다.

또 골키퍼를 제외하고는 손을 사용할 수 없다. 문명과 진화의 상징인 손을 쓰지 못하게 하는 것이다.

그런데 왜 지식인들과 예술가들은 축구에 열광할까? 아마도 전복의 꿈을 꿀 수 있기 때문이 아닐까.

지구상 어떤 스포츠도 세계 랭킹 50위쯤 되는 팀이 1위 팀을 이길 수 없다. 기량과 체격 조건이 경기 결과에 절대적인 영향을 미치기 때문이다.

　하지만 축구는 가능하다. 메시가 있다고 해서, 랭킹이 높다고 해서 그 팀이 무조건 이기는 것이 아니다. 경기 내내 아무리 멋진 플레이를 보여 줘도 의미 없다. 반대로 90분 내내 졸전을 펼쳤다 하더라도 몇 초 만에 단 한 골로 승자가 될 수도 있다.

　축구는 인생사와 너무나 닮았다.

기쁨과 슬픔

그 무렵 비가 자주 내렸다. 창밖 무화과나무에는 직박구리가 아침마다 와서 울다 갔고, 기쁨과 슬픔은 나도 모르게 자리를 바꾸어 앉았다. 멀리서 무개화차가 지나가는 소리가 들렸고, 나는 신생아처럼 누워 매일매일 아주 긴 음악을 들었다.

생은 숙연한 벌이다.

인생에 환희는 없다.

정해진 약속도 없다.

그냥 묵묵히 하루하루를 보내다가

아주 가끔 뜻밖의 일을 겪는 것일 뿐.

누구나 최선을 다해 아프다

"너만 아프냐? 다른 사람도 다 아파."

"나만큼 아파 봤어?"

아픔의 무게를 논하는 사람은 하수다. 아픔은 오로지 아픈 사람의 것이기에 절대적이다. 다른 사람은 절대로 나 대신 아파할 수가 없다. 각기 다른 사람이 겪는 아픔의 경중을 논한다는 것이 불가능한 이유다. 따라서 우리는 타인의 아픔을 존중해야 한다. 타인의 아픔을 분류하거나 그 아픔에 대해 무게를 가늠하는 어리석은 일을 하지 말아야 한다.

사람들은 누구나 최선을 다해 아프고 있다. 우리가 타인의 아픔을 존중해야 하는 이유다.

두 번쯤

두 개의 바다를 봤고, 두 번의 새벽을 만났다. 두 번쯤 누군가가 그리웠고, 두 번쯤 그가 미웠다. 그리고 두 번쯤 울 뻔했다.

지구

　파도를 피해 포구에 몸을 누인 목선은 흔들리면서 지구를 읽는다.

　이런 상상을 자주 했었다. 지구는 둥그니까. 바다는 지구에 매달려 있는 것이다. 배는 그 위에 또 매달려 있고.

　매달린 채 흘러내리지 않는 바다.

　물론 과학적 지식을 동원하면 설명이 충분한 일이지만 동원하고 싶지 않다.

　바다는 지구에 매달려 있고, 목선들은 그 바다에 매달려 있다. 불온한 상상일지라도 난 그렇게 생각하고 싶다.

돌아오지 못한 배

돌아오지 못한 배들을 생각했다. 분명 돌아오지 못한 배들이 있었을 것이다.

그 배들을 위해 기도했다. 돌아오지 못한 배들이여. 어마어마한 우주가 그대들을 보호하기를.

폭풍이 끝났을 때 포구에 평화가 찾아오면 그을린 굵은 팔뚝의 수부(水夫)들이 배에서 내려 딸아이에게 달려갈 수 있기를.

흔적

흔적을 포기하지 못하는 건 존재했던 것에 대한 그리움 때문이다.

그것이 존재했던 날들, 그것과 함께 흘러나왔던 이야기들, 그것과 함께 지켜본 사연들을 쉽게 잊을 수 없는 것이다.

우리는 흔적을 통해 위로를 받는다. 흔적을 보면서 영영 그리움으로만 남을 뻔했던 것들에 대해 안도한다.

인간은 흔적조차 남기지 못한 이별을 가장 아픈 이별로 받아들인다. 흔적이 없다는 건 이별이 아니라 실종이기 때문이다.

사랑의 역사

사랑에 빠지면 특별하지 않은 것들이 특별해진다. 평소에는 흘려보낸 것들이 하나의 의미로 다가온다. 과학적이고 분석적이기보다는 '예쁘고 애틋한' 감정들이 마음속으로 파고들어와 집을 짓는다.

슈베르트의 가곡집에는 사랑이라는 물결에 올라타 있을 때만 만들어지는 '예쁜' 감정들이 곳곳에서 드러난다. 「밤인사」라는 가곡에는 발소리도 들리지 않게 다가가서 문에다 안녕이라는 말을 쓰겠다는 내용이 나온다.

안녕이라는 말을 하고 싶은데, 그 말이 그대의 안식을 방해할까 봐. 발소리 숨소리 죽이며 다가가 문에다 '안녕'이라고만 쓰고 돌아오겠다니. 어찌 보면 예뻐도 너무 예쁘다. 하지만 이해가 된다. 사실 사랑에 빠진 순간 '그대'와 관계된 모든 것은 '그대'가 된다. 그대가 여닫는 문까지도 그대의 살갗이 되는 것이다. 그러니 문을 쓰다듬는 것만으로도, 나는 그대의 살갗을 한 번 보듬어 본 것이다. 다음 날 그대가 문에 적힌 '안녕'이라는 단어를 읽고 기뻐하는 것은 덤이다.

사랑은 가녀린 것들을 '힘'이 있는 존재로 거듭나게 해 준다. 약하기 그지없던 것들이 사랑의 자기장에 들어온 순간 강한 것이 되는 것이다. 반대로 억세고 강한 것들은 힘을 잃는다. 이미 '힘'이었던 것들은 무엇인가에 길들여지듯 순해진다.

강한 것들과 약한 것들이 자리를 바꾸는 일. 그것이 사랑의 역사다.

화살과 노래

헨리 롱펠로의 시에 「화살과 노래」라는 게 있다.

시인은 어린 시절 먼 세상을 겨냥해 화살 쏘기 놀이를 한다.

그리고 세상에 나가 어른이 되고 세파에 시달린다. 몸과 마음이 지친 어느 날 롱펠로는 고향을 찾는다.

그리고 문득 산책을 하다가 어린 시절에 쏘았던 화살을 발견한다. 수십 년이 지난 그때까지 느티나무에 꽂혀 있는, 이제는 빨갛게 녹이 슨 화살을 보며 시인은 회상에 젖는다.

아! 내가 꾸었던 꿈의 흔적이 아직도 남아 나의 어린 시절을 증거하고 있었구나.

나는 결국 그 시절로부터 멀리 도망치지 못했구나. 내가 꾸었던 꿈은 여전히 이 숲에서 나를 증거하고 있었구나.

이런 감흥이 시에 가득해서 읽고 또 읽고 했던 기억이 난다.

우표

내게 제발 우표를 주세요……

엽서를 보낼 일이 있어서 물어물어 우체국을 찾아가 번호표 뽑고 기다렸다. 내 차례가 돌아와 우표를 달라고 했다.

"어머 430원짜리 우표를 안 가져다 놓았네요."

그럼 어디 가야 살 수 있죠?

"글쎄요. 요즘 우표 사러 오는 분이 없어서……."

이제 우체국에도 우표가 없는 세상이 되었다. 빨간 우체통만 봐도 구름에 올라탄 듯 마음이 달뜨던 날들이 있었는데……

내게 우체국을 돌려주세요.

무기력

끔찍한 무기력에 무릎을 꿇을 뻔했다.
두려웠다. 시를 썼고, 일을 했고,
증기처럼 사라진 것들을 그리워했다.

예언

적응을 잘하는 자들은 예언에 능하지 못하다. 예언은 현실과 불화할 때 싹트는 선물이다. 현실에 만족하고 적응한 자들에게 미래는 어떤 신호도 보내 주지 않는다. 예언은 부적응자들의 몫이다.

세월

십수 년 전 낚시하러 가끔 들르던 저수지를 지나갈 일이
있었다. 어찌된 일인지 물은 절반으로 줄었고 키 크고 품이
넓던 버드나무들은 대부분 사라지고 없었다. 저수지 가장자
리에는 물고기의 사체와, 기름 무지개가 떠다니고 있었다.
버드나무가 있던 자리에는 닭백숙집 오리탕집이 빼곡하게
들어서 기괴한 장면을 연출했다.

추억의 한편이 부서진 것처럼 마음이 아팠다. 뭐 하나 제
대로 남겨 놓는 것이 없다. 이 땅에서 세월은 곧 파괴를 의
미하나 보다. 방법이 있다면 그 파괴를 막아서고 싶다. 악마
는 어둠 속에 있는 게 아니라 우리 옆에 있다.

지옥은 텅 비어 있고, 악마는 모두 여기에 있다고 셰익스
피어가 『템페스트』에서 한 말이 생각났다.

불꽃놀이

불꽃놀이를 봤다. 어둠이 없다면 불꽃이 아름다울 수 있었을까. 불꽃은 철저히 어둠에 빚을 지고 있었다.

세상엔 어둠에 기대어 존재하는 것들이 얼마나 많은지…… 어둠이 고마웠다.

골목

골목은 인간적이다. 바닥에 주저앉아 막걸리잔을 기울이기도 했고 돗자리 하나 깔아 놓고 잠을 청하기도 했다. 비라도 내리면 목을 축이는 비둘기들이 모여들고, 기름방울 떨어진 흙탕물에는 고운 무지개가 뜨기도 했다

밤이 오면 벽에 기대어 눈물을 흘리기도 했고, 맨주먹으로 벽을 치며 세상을 한탄해도 다 받아주는 골목이 있었다.

골목에는 가볍지 않은 삶이 있었다. 누군가는 저 골목으로 등짐을 날랐고, 누군가는 저 골목에서 술에 취해 토악질을 했고, 누군가는 싸구려 담배를 피워 물고 체머리를 흔들었다.

골목에는 미덕이 있었다, 때로는 남루했고, 때로는 뭉클했던 우리네 삶을 다 알면서도 감추어 주고 누구에게도 누설하지 않는 미덕이 있었다.

장마

하루종일 비가 내린다. 차들의 속도가 느려지고 새들이 보이지 않는다.

장마는 참 많은 것들을 쉬게 만든다. 일만 쉬는 것이 아니라, 분노와 그리움도 쉬게 한다.

장마의 미덕이다. 막 뽑으려고 하던 칼을 칼집에 다시 넣게 만들고 그리움을 향해 무작정 달려가던 발걸음도 처마 밑에서 잠시 쉬게 한다.

가열찬 것들을, 욕망에 들끓던 것들을 쉬게 하는 힘. 장마의 미덕이다.

장마

장마는 용서가 많다. 낮은 곳으로 흘러 흘러 강으로 가고 결국 바다로 간다. 그 긴 여정을 가면서도 과거를 묻지 않는다. 그저 낮은 곳으로 낮은 곳으로 세차게 흘러갈 뿐이다.

무슨 때를 묻혀 왔는지 묻지 않는다.

왜 나를 더럽히냐고 따지지 않는다. 다 용서하고 받아들인다. 그 때문에 결국 병이 들면서도 말이다.

기억

요즘 부쩍 사람들의 이름이 기억나지 않는다. 혹시 내가
사람들의 이름을 잊은 게 아니라, 그 사람들에게 내가 잊힌
것은 아닐까.

혼자

'혼자와 함께 혼자여야 한다'(alone with the alone)는 말이 있다.

의미심장한 말이다.

멋지게 혼자인 사람, 그런 사람이 지식인이다.

인간은 당연히 늘 혼자다.

누구도 나 대신 아파하거나 나 대신 소멸해 줄 수 없다.

혼자서 할 수밖에 없는 전쟁.

그것이 삶이다.

혼자 잘 있는 사람.

그런 사람이 스스로 완전한 사람이다.

지혜는 그런 사람에게 찾아온다.

일부러 고독해지라는 말이 아니다.

제대로 홀로 설 수 있는 사람만이 타인과도 잘 지내는 법이다.

자기 좌표를 가지고 있기 때문이다.

내게 일어난 기적

우연히 작은 텃밭을 일구게 됐다.

그날부터 나는 쓸모 있는 사람이 됐다. 토마토 열매가, 완두콩 새순이, 막 줄기를 감기 시작한 오이가, 마른땅을 굳세게 뚫고 싹을 낸 옥수수가, 거짓말처럼 땅속에 알을 맺기 시작한 감자가 나를 필요로 하는 날들이 시작됐다.

직장 때문에 일주일에 한 번밖에 텃밭에 갈 수 없는 나는 밤마다 꿈을 꾸었다.

감자알들이, 토마토가, 완두콩이 나오는 꿈이었다. 비가 오거나 바람이 불면 새벽 일찍 잠이 깼다. 아파트 창밖을 바라보며 강변에 일궈 놓은 텃밭을 상상했다.

그렇다. 나는 땅에 속한 사람이었다. 풀을 뽑고, 줄기를 묶어주고, 벌레를 잡고, 물을 주면서 나는 내가 땅에 속한 생명체였음을 깨달았다.

토마토도, 옥수수도, 완두콩도 내 마음대로 되지 않았다. 그들은 나를 가르치듯 그날그날의 아픔과 환희를 주었다. 어떤 날은 부러진 줄기와 벌레 먹은 잎으로, 어떤 날은 이제 막 수줍게 얼굴을 내민 작고 눈부신 열매로 나를 가르쳤다.

무엇인가가 싹을 내고, 자라고, 열매 맺고, 죽어 가는 것을 파노라마처럼 본다는 것. 그것은 치명적이고 행복한 일이었다. 그 옆에 내가 있었다는 것. 그 작은 것들에 내가 고개를 숙였다는 것. 그들 때문에 환희로웠고, 그들 때문에 아팠다는 것.

이 여름날 내게 일어난 기적이었다.

빈 의자

의자는 늘 누군가를 기다린다. 그 기다림의 임무는 늘 숙연하고 한결같다. 빈 의자를 보면 왠지 나를 위해 기다리고 있는 것 같다. 그렇다. 세상의 모든 빈 의자는 내 의자다. 세상 어딘가에서 날 기다리는 의자들이 있다는 것. 아름다운 일이다.

비 냄새

비에는 분명 비 냄새가 있다. 뭐라 형언하기 힘든 냄새가 난다. 단순한 물 냄새라고 표현하기 힘든 비 냄새가 난다. 폭우가 내리는 날이면 비 냄새가 세상을 지배한다.

날개의 숙명

　모든 조류는 기회만 되면 날기를 포기했다. 진화 생물학자들의 말이다.

　새들은 날지 않고도 살 수 있는 상황이 되면 예외 없이 날기를 포기했다. 천적을 피해 굳이 도망칠 필요가 없는 고립된 섬 같은 곳에서 진화한 조류들 중 날개가 퇴화된 종이 많은 걸 보면 과학자들의 말이 실감이 난다.

　생각해 보면 중력이 엄연히 존재하는 땅에서 '난다는 일'은 얼마나 힘겨운 것이었을까. 중력과 바람의 저항에 맞서 끊임없이 날갯짓을 한다는 건 얼마나 가혹한 숙명일까.

　새가 알을 낳는 이유도 날기 위해서다. 수정이 되는 순간 곧바로 몸 밖으로 내보내야 몸이 가벼워지기 때문이다. 날아올라야 하는 숙명을 가진 생명체에게 무겁다는 건 곧 죽음을 의미할 테니까.

날아가는 새들을 보고 아름답다고, 하늘을 나니 좋겠다
고 함부로 말하지 말라. 부러워하지도 말라. 그들은 힘겨운
싸움을 하고 있는 것이다.

홍매화

올해도 어김없이 홍매화 피었다. 서둘러 찾아온 진객에
게 무릎을 꿇고 싶다. 그대여 너무나 고맙다.

소주병

빈 소주병을 바라보면 묘한 비애가 느껴진다.

오늘은 또 누구의 목을 타고 넘어가서 위안이 되어 주었는지. 남에게 다 따라주고 자신은 껍데기로 남은 생을 후회하지는 않는지.

어느 집 대문 옆이나 담벼락 밑에 빈 소주병들이 놓여 있는 모습을 보면 마음이 뜨거워진다.

누군가 상처를 소독해 주고 길에 버려진 성자들이여.

사랑시

추모시나 기념시를 써 달라는 청탁보다
사랑시를 써 달라는 청탁이 더 어렵다.
사랑시는 작정을 하고 쓰는 시가 아니라,
시를 쓰고 났는데 다시 읽어 보니 '사랑시'가 되어 있는
것 아닐까.

나도 모르게 쏠려가서 도달하는 곳
그곳에 사랑이 있는 것 아닐까.

고백

고백은 돌아올 수 없는 다리를 건너는 것과 같은 행위다.

상대가 받아들여 주면 무사히 다리를 건널 수 있지만, 그렇지 않으면 자폭해야 한다. 고백은 그래서 숭고하고 그래서 치명이다.

그대, 고백이 무서워 사랑을 포기하고 있는 것은 아닌가?

커피 한 잔

커피 한 잔. 그 자체로 완전한 그런 아침을 맞이하고 싶다.

온갖 고민과 걱정거리로 가득한 아침에 커피는 주인공이 되지 못한다. 습관적으로 몇 차례 잔을 기울일 뿐. 커피에 대한 음미는 뒷전이다.

커피 한 잔만으로 완벽한 아침. 그것으로 행복하고 완전하며 충만한 아침을 맞이하고 싶다.

지구인

우주 탐사선 파이어니어 11호엔 지구인들이 보낸 이런 메시지가 실려 있었다고 한다.

"태양으로부터 세 번째 혹성 '지구'에서 왔다고…… 남자 그리고 여자가 존재한다고…… 우리는 친선을 원한다고…… 우리 이외의 지각을 가진 그 어떤 생명체도 만나지 못했다고…… 우리는 외롭다고……"

인간

인간이란 게 순정을 다해 저주하거나 미화할 만한 가치가 있는 존재인가? 난 그 저주나 미화에 동의가 안 된다. 기껏 인간에 대해 말하면서 그런 식으로 지적 활동을 멈추어도 되는가. 정말 그런가.

걸음

매일 이 길을 걸을 때마다 그대를 생각한다. 생각나는 그
대는 너무나 멀다. 열 걸음을 더 걸었다. 누군가 오늘 아침
죽은 새를 봉긋하게 묻은 게 보였다.

편지

갇혀 있는 사람은 편지를 많이 쓴다. 그들은 그리움이라는 무기를 들고 생에서 취할 수 있는 가장 적극적인 태도로 세상과 접촉한다. 그것이 갇힌 자들의 편지쓰기다. 탄식과 슬픔이 담장을 넘어가지만 밖에서는 천천히 아이들이 자라날 뿐이다.

증언

나는 증언을 중시한다

엘리어트가 정신병원에 감금되어 있던 에즈라 파운드를 위해서 했던 증언.

김향안이 죽은 전 남편 이상의 시신 앞에서 보여 준 의리와 증언.

뭐 이런 것들에 종종 뭉클해진다.

나도 내가 아끼는 가슴 아픈 사람을 위해 기꺼이 증언대에 설 것이다.

시

나는 고통받는 삶의 형식으로 시를 택했다. 고통을 자처하는 무엇인가가 있어야 그것이 인생이라고 생각했다.

시는 내게 밥도 돈도 직업도 계급도 환희도 아니었다. 아무것도 아니었지만 도망칠 수 없었다. 한참을 도망치다가 문득 돌아보면 시는 나를 바라보고 있었다. 언제나 섬뜩하게 날 지켜보던 영물. 그것이 시였다.

현상

해가 뜨고 지는 것이 현상이듯 사과가 열리고 혹은 사과가 썩는 것이 현상이듯 따지고 보면 사람도 현상이다. 바라보는 것 말고는 달리 할 수 있는 게 별로 없다. 사람도 현상이다.

봄밤

정확히 100년 전 오늘. 루드비히 비트겐슈타인은 전쟁터
에 있었다.

이 저주받은 왕자는 물음표를 네 개나 찍으며 신의 가호
를 기다렸다.

"저주받은 성에 갇힌 왕자처럼, 정찰대 망루에 올라와 있
다. 낮에는 온통 조용하지만, 밤에는 어떠할는지! 아주 끔찍
스럽다고 들었다. 내가 견뎌 낼 수 있을까? 오늘 밤에 알게
될 것이다."°

재능은 어디에서도 산다.

구내식당 콩나물밥을 먹으며

전쟁터 참호속의 그를 생각했다

아! 나는 얼마나 편안하고 나른한가

나는 얼마나 좆같고 나는 얼마나 한국말만 하다가 사라

질 것인가.

한심한 봄밤이다…… 봄밤……

° 루드비히 비트겐슈타인, 박술 옮김, 『전쟁일기』(읻다, 2016).

별

무슨 눈동자가 저래 하면서 사진을 봤다. 설명을 보니 물병자리에 있는 성운 'NGC7293'을 찍은 것이었다. 태양과 질량이 비슷하거나 작은 별들이 죽으면서 만들어진 것이다. 중심부에 별의 시신(백색왜성)이 보인다. 별도 죽는다. 오늘 목숨이나 사랑을 속삭이는 자 가스(gas)처럼 사라질 것이다. 별도 죽는다.

사랑

    누군가를 사랑한다는 건, 그 사람의 '자리'를 인정한다는 이야기다. 그 사람이 오랫동안 있어 온 자리, 그 사람이 있어야 잘 어울리는 자리, 그 사람이 가장 편안해하는 자리. 이런 자리를 인정한다는 이야기다. 그 자리에 내가 앉으려 하는 순간. 사랑은 사라진다.

황혼

  황혼을 당해 낼 수 있는 시절은 없다. 이미 모두 과거가
됐으므로.
  황혼 앞에서 현실을 말한다는 건 아무래도 어울리지 않
는다. 황혼 앞에서는 모든 게 욕심이다. 황혼이 우리를 먹어
치우므로.

걱정

티베트 속담에 "걱정한다고 걱정이 없어지면 걱정할 게 없겠네"라는 말이 있다고 한다.

사실 인간의 생은 걱정과의 동거다. 이 순간 이후 모든 것은 불확실하기 때문에 불확실성은 불안의 먹이가 되고, 불안은 걱정을 키운다.

불확실을 즐길 수는 없을까. 요즈음 내 고민 중 하나다.

불안을 다스릴 줄 아는 자가 결국 깨달은 자 아닐까.

원석

후배가 어느 먼 나라 박물관에 갔다가 기념품으로 샀다며 원석 조각을 건네주었다. 쿼츠, 아게이트, 시트린……

김밥천국에 혼자 앉아 선캄브리아기에서 왔을지도 모를 돌멩이들을 한참 동안 바라봤다. 타임머신에 오른 듯 벅찼다.

선(線)

세상은 선으로 모든 것을 구분한다.

선은 갈 수 있는 곳과 가서는 안 되는 곳을 정하고, 국가 간의 경계를, 하늘과 땅의 경계를, 땅과 바다의 경계를 정한다.

해도 되는 일과 해서는 안 될 일을 정하며 알게 모르게 사랑의 한계나 신념의 한계까지도 정해 준다.

그래서일까. 선은 절대적으로 아름답고, 절대적으로 폭력적이고, 절대적으로 두렵다.

선에는 위엄이 있으며, 또 선은 숙명적이다.

나는 오늘도 선을 넘지 못했다.

수적 만난 도사공

수적(水賊) 만난 도사공(都沙工)의 심정…….

난 이 구절이 이상하게 좋았다. 음가도 좋고 입장도 뼈에 와닿고…….

작자미상의 사설시조에 나오는 구절인데 해적을 만난 뱃사공의 심정이 절절하다. 현대어로 대충 소개하면 이렇다.

쌀은 천석이나 실려 있는데, 돛대는 꺾이고, 키도 빠지고, 폭풍은 불고, 안개는 앞을 가리는데, 갈 길은 천리만리고, 파도는 사나운데, 수적은 나타나고…… 님과는 엊그제 작별했고…….

모든 길이 사라져 버린 순간을 경험해 본 사람은 안다.

삶에 대해, 사랑에 대해, 사상에 대해. 왜 쉽게 말해서는 안 되는지를.

엄마

　기껏 스무 살에 죽으면서 한 고아 청년은 노수녀에게 '엄마'라며 울부짖었다.

　너무 많은 바람, 너무 많은 빗물, 너무 많은 날들…… 우린 너무 많이 가졌다.

시간

가장 아름다운 시간은 가장 빠르게 지나간다.

벚꽃은 절정의 순간을 잠시 보여 주고 빠르게 세월 속으로 사라진다. 언제 왔다 갔는가 싶게, 야속하지만 깔끔하게 소멸을 향해 나아간다.

일본 하이쿠(俳句)의 명인 마쓰오 바쇼는 이렇게 노래했다.

"너와 나의 생, 그 사이에 벚꽃이 있다."

사람들의 생. 그 사이로 천천히 떨어지는 벚꽃. 그 벚꽃을 바라보는, 아니 바라봐야만 하는 봄날의 허무. 벚꽃 앞에서 아무것도 할 수 없는 봄날의 무력함.

벚꽃의 추락은 자멸파의 계보 맨 앞자리에 기록된다.

봄산

산 색깔이 바뀌는 건 기적이다. 어제 봤던 바로 그 산이었는데, 오늘 색깔이 바뀌어 있는 현실은 기적이다.

생명의 기운이 영원히 사라진 것 같았던 마른 가지에 초록의 기운이 드러날 때 나는 기적을 느낀다. 부활은 그런 것이다.

나무들은 스스로 서 있는 자리를 바꾸지 못한다. 그래서 나무는 구원이나 혁명을 애걸복걸하지 않는다. 자리를 바꿀 수 없으므로 입장도 진영도 바꾸지 못한다.

대신 그들은 스스로를 바꾼다. 부활을 하는 것이다. 서 있는 자리를 바꿀 수 없으므로 스스로 다시 태어나는 기적을 행한다. 봄산은 기적이다.

지구

하늘이 예뻐서 차를 세우고 한참을 올려다보는 경우가
있다.
그럴 때 드는 느낌은 남다르다.
한참을 올려다보면
한국에 있다거나 서울에 있다거나 하는 느낌이 아니라
지구에 있다는 느낌이 든다
너무 좋다.

지구라는 행성에 있다는 느낌.

참새

절집의 마당에서 만난 참새는 도망을 가지 않는다.
그림자만 보여도 날아가 버리는 게 참새인데
절집의 참새는 절집의 사상에 적응을 한 모양이다.
호들갑스럽지 않고 여여하다.

SNS

가끔 SNS를 한다.
그곳에는 수많은 사람들의 단서들이 드러나 있다.

나는 그 단서들의 숲을 거닐며 때로는 웃음 짓고, 때로는
가슴이 뭉클해지는 경험을 한다.
눈살이 찌푸려지거나 화가 나는 순간도 있다. SNS는 고
백의 형식이기도 하고, 오만의 형식이기도 하고, 도피의 형
식이기도 하고, 자학의 형식이기도 하다.

나는 눈물의 형식으로 SNS를 대한다.

최적화

모든 생물은 지금 현재가 최적화된 상태일 것이다.

지구의 역사에 따라 앞으로 어떻게 달라질지 알 수 없지만

그들은 지금이 가장 예쁘고 가장 적절하다.

SOS

인생 상담을 할 겸해서 선배를 만나 캐모마일 차를 주문했다.

우연의 일치일까. 찻잔에는 선명하게 'SOS'라고 써 있었고, 차를 우려내는 기구인 인퓨저 끝에는 오 헨리를 연상시키는 '마지막 잎새'가 매달려 있었다.

한참을 멍하니 바라보자니 웃음이 나왔다. 우주 어디선가 누가 내 마음을 읽은 것일까. 세상엔 분명 우리가 감지하거나 상상할 수 없는 어떤 에너지가 있을 것이라는 확신이 들었다. 하기야 우리가 흔히 신(神)이라고 통칭하는 존재도 결국 '방향성을 가진 에너지'가 아닌가.

오만해지지 말자. 내가 알고 감지하고 이해하는 것은 손톱보다 작고 깃털보다도 가벼운 우주의 일부일 뿐이다. 우주는 내가 모르는 에너지에 의해 굴러간다. 나는 아주 미세

한 우주물질의 하나에 불과하다.

우리 모두는 결국 별이 남긴 먼지라고 했던 우주론자 마
틴 리스의 말이 생각났다.

인간이 결국 40억 년에 걸친 진화의 일부임을 인정하는
순간 현재를 보는 눈도 달라질 것이다.

배우

우리는 이 세상에서 어떤 대본도 없이 한생을 살다가는 배우일지도 모른다. 세상은 우리에게 대본을 주지 않았다. 사실 세상에서 나만을 위해 특별하게 마련된 시나리오는 없다. 우리는 그저 세상의 일원으로 어떤 에너지들에 둘러싸여 살다가 소멸하고, 이 생이 소멸한 다음에는 다른 물질로 바뀌어 또다시 우주라는 무대에 데뷔하는 배우일 뿐이다.

초봄

초봄은 언제나 겨울보다 춥다. 이미 마음이 봄에 가 있기 때문일까. 아침마다 아직 남아 있는 찬 기운에 몸을 움츠린다.

그래도 나무에 물기가 돌기 시작하고, 파릇한 기운이 감도는 걸 보면 봄은 그리 멀지 않은 듯하다.

하기야. 아무리 암울하고 힘들어도 봄이 우리를 찾아오지 않는 적이 있었던가. 봄은 온다. 또 온다.

직박구리

내가 가까이 다가갈 때까지도 녀석은 날아가지 않았다. 나의 기운과 녀석의 기운이 엇나가지 않은 것이다. 서로의 기운이 상대에게 불편하지 않았던 것이다. 가까이 다가갈수록 이상하게 마음이 편했다. 녀석도 그랬을까? 슬며시 고개를 내 쪽으로 돌리기까지 했다. 집으로 돌아와 조류도감을 뒤졌다. 녀석의 이름은 직박구리였다. 영역 본능이 강하다고 되어 있는데 왜 나에겐 너그러웠을까. 고마울 뿐이다. 안녕. 직박구리.

우리가 어느 봄날의 햇살을 보고 감탄을 한다는 것은,

한 번도 만나 본 적 없는 북반구 다른 나라에 사는 누군가와

기쁨을 함께 나누고 있다는 뜻이기도 하다.

실크로드 위에서 나는 몇 번이나 울었다

어느새 저주했던 것들을 그리워하고 있었다. 한국을 떠난 지 10일이 넘었고 타클라마칸의 작은 마을에 와 있었다. 타클라마칸은 아름답지 않았다. 위구르어로 '들어가면 나올 수 없는'이라는 고혹적이면서도 두려운 뜻을 지닌 그 땅에서 나는 두고 온 것들에게 말을 걸고 있었다. 무엇이 그렇게 그리웠을까. 왜 난 그리운 것을 놔두고 길을 떠나왔을까.

길은 인터넷 초기화면에 나오는 고운 모래사막이 아니었다. 붉은 불모지, 흡사 달이나 화성의 표면을 연상시키는 불모지. 사막보다는 암막(嚴漠)이라는 말이 잘 어울리는 그런 길이 끝도 없이 펼쳐져 있었다.

내가 이 길을 나선 이유는 간단했다. 스물일곱 살의 여름을 한국에서 보내고 싶지 않았다.

그해 봄. 난 두 여인을 떠나보냈다.

한 여인은 이른 나이에 세상을 등졌다. 한 남자를 사랑했고, 그 남자와의 결혼식에 입을 웨딩드레스를 손수 만들었던 여인. 내 어머니였다. 언젠가 아버지와 어머니의 결혼사진을 보다가 어머니에게 이렇게 물었다.

"웨딩드레스 너무 예쁘다. 어디서 산 거야?"

"응. 남대문시장에서 하얀 원피스를 여러 벌 사다가 미국영화 참고해서 내가 재봉틀로 만들었지."

내가 소년이었을 때부터 어머니는 늘 아팠다. 그리고 결국 일어나지 못했다. 어머니를 땅에 묻고 돌아서던 날은 차가운 봄비가 내렸다. 한 여인이 생을 마치고 흙 속으로 귀의하는 것을 보면서 삶이 얼마나 짧은 무대극으로 보이던지…… 후유증에 오랫동안 시달려야 했다.

또 한 명은 사랑했던 여인이다. 휴대전화가 없던 시절 겨울 기차역에서 나를 반나절이나 기다리고도 환한 얼굴로 웃기만 했던 여인. 누군가가 자신을 사랑하고 있다는 상황을 권력으로 이용하지 않았던 여인. 그렇지만 힘들고 지치고 가난했던 여인.

우리는 미래를 함께할 수 없다고 여겼고 결국은 서로에게 상처만 안긴 채 다른 길을 걷기로 했다. 둘 중 한 사람만이라도 지치고 힘들지 않았다면 우리는 그런 선택을 하지 않았을지도 모른다.

그해 여름 난 낯선 곳으로 가고 싶었다. 그때 날 잡아끈 곳이 실크로드였다.

실크로드 위에서 몇 번이나 울었다. 처음 눈물을 흘렸던 곳은 중국 신장 위구르 자치구 카스(喀什)에서 파키스탄까지 이어지는 길 위에서였다. 마땅한 교통편을 찾지 못한 나는 간신히 트럭을 얻어 타고 그 기나긴 길을 갈 수밖에 없었다. 외로움과 공포가 밀려왔다. 트럭 운전수와 짐꾼이 나를 이 불모지 위에 버려 놓고 갈지도 모른다는 괜한 두려움이 내 상상력을 지배하기 시작했다. 그렇게 대여섯 시간을 달렸을까. 모래 폭풍 사이로 한 여인이 보였다. 헝겊 실내화보다도 더 빈약한 전통 신발을 신은 젊은 위구르족 여인이 머리에 짐을 이고 길을 걷고 있었다. 나를 실은 트럭이 그녀 옆을 스쳐가는 순간, 그녀가 나를 보고 미소를 지었다. 아름답고 평화로운 미소였다. 엄습했던 공포가 사라졌다. 그 먼 길을 혼자서 하염없이 걸어왔을 여인의 미소. 그 앞에서 난 눈물이 났다. 세상 어디에서 누군가 웃고 있으면 누군가는 울고 있다.

또 기억나는 눈물이 있다. 파키스탄에서 아프가니스탄으로 넘어가는 국경 검문소. 마흔 명 정도를 태운 25인승 구소련제 버스가 고장이 났고, 나는 꼬박 국경에서 밤을 새웠다. 연기가 나는 버스에 있을 수가 없어 폭격에 무너진 담벼락에 기대어 손에 잡힐 것 같은 별을 쳐다보며 외로운 시간을 보내야 했다. 가끔씩 발사된 폭탄에서 새어나온 섬광이 능선 사이를 환하게 비추었고, 고물 버스는 밤새 시동이 걸리지 않았다. 야윌 대로 야윈 들개 무리들이 주변을 서성였고, 지난번 오폭으로 끊어졌다는 전선에서는 이따금 바지직거리며 불꽃이 튀었다. 언덕 아래 난민 캠프에서는 누군가의 외마디 비명이 들렸다. 그날 밤 누군가 세상과 이별을 고하는 것 같았다. 가끔씩 비정하게 불어오는 모래바람을 맞으며 나는 담벼락에 기대 저주를 퍼부으며 떠나온 것들을 하나씩 생각했다. 나를 아프게 했던 것들. 나를 외롭게 했던 것들. 나를 속수무책의 패배자로 만들었던 것들, 아무것도 하지 못했던 내 무기력함까지…….

눈물이 났다. 나는 어느새 저주했던 것들을 그리워하고 있었다.

공기마저도 그리운 곳, 아르헨티나

아르헨티나 출신의 문호 보르헤스(Jorge Luis Borges)는 탱고를 사랑한 사람이었다. 그는 탱고에 대해서 누구도 범접할 수 없는 정의를 수차례 내렸는데, 그중 한 가지를 기억하고 있다.

"탱고는 라플라타강(Río de la Plata)의 아이다"라는 말이다. 라플라타는 아르헨티나와 우루과이의 경계를 흘러 대서양으로 들어가는 강인데 유속이 느리고 강폭이 넓고 크다. 실제로 가서 보면 강이라기보다는 거대한 흙탕물이라는 표현이 맞을 정도로 탁하다.

근대 초기에 돈을 벌기 위해 신대륙을 찾아온 이민노동자들은 이 거대한 흙탕물을 보면서 부에노스아이레스 보카항에 도착했을 것이다. 보카항은 그들에게 희망이자 눈물이었고, 일터이자 휴식처였다. 탱고는 바로 그곳에서 태어났다. 나일강이 아이다를 만들었듯 라플라타는 탱고를 탄생시켰다.

이미 내 앞에 왔다 간 슬픔은 물론 앞으로 닥쳐올 슬픔마저도 미리 절망하게 만드는 묘한 작열감. 이것이 탱고의 매력이다.

실제로 이민 초기 보카 항구의 남녀 비율은 50 대 1이었다고 한다. 이민노동자들에게 아마도 사랑은 전쟁이었을 것이다. 탱고의 악센트는 그 전쟁의 산물이다.

한국을 떠난 비행기가 시카고를 거쳐 서른네 시간 만에 부에노스아이레스에 도착할 때까지 난 어떤 모임에서 만났던 여인이 들려준 말을 반복적으로 떠올리고 있었다. 외교관 집안에서 태어난 그녀는 서른 살이 될 무렵까지 무려 열한 개국에서 살아 본 경험이 있었다. 우리는 그녀에게 "그중 어느 나라가 가장 기억에 깊게 남아 있느냐"고 물었다. 그녀는 어눌한 한국어로 말했다.

"아르헨티나요."

다시 이유를 묻자 그녀는 이렇게 답했다.

"공기마저도 그리워요."

알려진 것처럼 '부에노스아이레스(Buenos Aires)'는 좋은 공기라는 뜻이다.

아르헨티나는 내게 '탱고'와 '공기'로 다가왔다.

부에노스아이레스는 '민낯의 파리'다. 실제로 남미의 파리라 불릴 만큼 전성기를 누렸고 그 호시절은 매력적인 흔적에 아직도 많이 남아 있다. 하지만 유럽의 파리가 화장을 짙게 한 얼굴이라면 부에노스아이레스는 있는 그대로의 민낯이다.

칠이 벗겨진 건물들과 부끄럼 없이 내걸린 빨래들……. 골목에서 축구를 하는 아이들과 동전 몇 푼에 거리에서 탱고를 춰 주는 사람들. 옛 영화의 한 장면처럼 늘어선 대저택들과 멋진 공원들과 세상에서 가장 아름다운 묘지라는 레콜

레타가 공존하는 곳. 그곳이 부에노스아이레스다. 누가 남미를 감히 '서구의 사생아'라고 했는지. 그곳을 걸으면 그 말이 얼마나 틀린 말인지 알 수 있다. 그곳은 서구의 꿈과 영화를 그대로 간직한 '서구의 적자'였다. 서구의 유전자를 가지고 새로운 세상을 건설한 부에노스아이레스는 세상 어디에서도 찾을 수 없는 그들만의 상처와 기쁨으로 넘실대는 열정의 땅이었다.

거리 어디를 가든 들려오던 그 반도네온 소리를 잊지 못한다. 과거의 영광은 잊혔을지 몰라도 그들은 이민 초기처럼 또 정열적으로 하루를 살고, 지금 이 순간에도 라플라타 강을 바라보고 있을 것이다. 그들의 낙천성과 솔직함에 경의를 표하고 싶다.

알 파치노가 주연한 영화 「여인의 향기」에는 감미로운 탱고 선율이 흘러나온다. 카를로스 가르델이 만든 「포르 우나 카베사(Por una Cabeza)」라는 아주 유명한 곡이다. 번역

하면 '머리 하나 차이로'라는 뜻이다. 이 노래의 가사가 재 밌다. 한 남자가 경마장에서 돈을 몽땅 날린다. 자신이 돈을 건 말이 '머리 하나 차이로' 우승을 놓쳤기 때문이다. 돈을 따서 선물을 사 들고 사랑하는 여인을 만나러 가겠다는 허황된 꿈이 깨지자 남자는 좌절한다. '머리 하나 차이로' 돈과 사랑을 날려 버린 사내의 운명은 어쩐지 서글프다. 가사 중에 이런 내용이 있다.

머리 하나 차이로 져 버렸네.
만약 그녀가 날 잊어 버린다면,
내 삶을 천 번 포기하는 것쯤은 문제가 아냐.
왜 살겠어?

내가 말띠여서 그런가? 나도 말 머리 하나 차이로 운명이 달라진 사람이다. 말 머리 하나 차이로 살고 싶었던 삶을 놓치고, 말 머리 하나 차이로 사람을 떠나보냈고, 말 머리 하나 차이로 기쁨과 슬픔을 뒤바꿨고, 말 머리 하나 차이로 부에노스아이레스에 왔다.

하지만 노래의 주인공도 나도 다시 돈을 걸 것이다. 머리 하나 차이로 또 무엇인가가 달라지지 않겠는가. 「포르 우나 카베사」의 마지막 가사가 의미심장하다.

하지만 일요일에, 정말 그럴듯한 말이 있다면
난 모든 걸 또 걸겠지. 어쩌면 좋아?

스리랑카는 수줍었다

느릿느릿 걷는 코끼리. 길가에 앉아서 먼 곳을 응시하고 있는 걸인인지 수행자인지 모를 사람. 이쪽 숲과 저쪽 숲을 무리지어 날아가는 이름 모를 새 떼들. 갑작스럽게 쏟아지던 소나기. 그리고 너무 붉어서 감정을 주체할 수 없던 인도양의 노을까지. 나는 그 수줍은 나라가 그립다.

여행자들은 인도양에 있는 섬나라 스리랑카를 '인도의 눈물'이라고 부른다. 지도를 보면 왜 그렇게 부르는지 단박에 알 수 있다. 인도 대륙 오른쪽 밑에 마치 눈물 한 방울처럼 매달려 있는 섬, 그 섬이 바로 스리랑카다. 1960년대 후반까지 실론(Ceylon)이라고 불렸던 이 나라는 고대에서 현대에 이르기까지 인도와 다양한 교집합을 가진 채 역사를 이어 왔다. 그러면서도 인도와는 또 다른 독특하고 처연한 색채를 지니고 있다.

스리랑카는 남아시아에 속해 있는 나라 중 가장 베일에 싸여 있다. 바다에 면한 남아시아 나라 대부분은 관광산업이 발달했지만 스리랑카는 그렇지 못하다. 이것이 바로 스리랑카의 매력이 시작되는 지점이다.

스리랑카를 이해하는 가장 중요한 코드는 '불교'다. 인도로부터 초기 불교를 받아들인 이후, 인도는 힌두화됐지만 스리랑카는 불교를 굳건히 지켜 냈다.

경건한 초기 불교의 영향과 독재와 내전 등 굴곡진 현대사가 묘하게 상호작용한 나머지 스리랑카는 관광지로 크게 개발되지 못했다. 그래서 스리랑카는 아직도 '수줍은 나라'이다.

지금도 스리랑카를 생각하면 '순하고 슬픈 사람들'이 먼저 떠오른다.

스리랑카의 수도 콜롬보는 인도양에 면한 도시다. 콜롬보에서 나를 처음 놀라게 한 것은 비도 오지 않는 날 바닷가 여기저기서 눈에 띄던 '우산'이었다. 비도 안 오는데 웬 우산인가 싶었지만 다 이유가 있었다. 스리랑카에선 아무리 바닷가라 해도 남녀 간의 깊은 스킨십이나 키스를 용인하지 않는 문화가 남아 있다. 단 조건이 있다. 우산 속에서 하면 괜찮다. 우산으로 가리면 용납해 준다. 이슬람 국가가 아니면서도 바닷가에서의 애정 행위를 용서하지 않는 나라. 하지만 우산으로 가리면 되는 나라. 이것이 '수줍은 스리랑카'의 속살이다.

스리랑카는 도로 사정이 좋지 않다. 도심을 조금만 벗어나도 비포장도로가 많고 길도 좁다. 그 길 위에서 시간이 멈춘 듯한 풍경을 여러 차례 만났다.

야생 바나나나무 그늘에 앉아 있던 나는 먼 옛날을 보고 있는 듯한 느낌에 빠져들었다. 너무 천천히 쓰이고 있는 한 편의 역사책을 보는 것 같았다. 세상과는 다르게 흘러가는 시간, 자신들의 궁핍을 궁핍이라 생각하지 않는 사람들. 하루에도 몇 차례씩 쏟아지던 소나기와 수천 년을 그 자리에 서 있는 이끼 낀 불탑들을 보며 소박하다 못해 장엄한 또 다른 세상을 만날 수 있었다.

스리랑카에서 가장 매력적인 도시는 캔디다. 'Candy'가 아니라 'Kandy'라고 쓰는 곳이지만 그래도 스리랑카의 캔디는 달콤한 곳이다. 캔디는 바닷가가 아니라 내륙 고지대이다. 콜롬보로 수도를 옮기기 전 스리랑카의 수도였고 스리랑카의 마지막 왕조가 막을 내렸던 곳, 그곳이 캔디다.

내가 캔디에 갔을 때는 불치사(佛齒寺)에 있는 석가모니의 치아 사리를 공개하는 종교 행사가 열리고 있었다. 현지에서는 '스리달라다 말리가와(Sri Dalada Maligawa)'라고 부르는 불치사 광장에 사람들이 수백 겹으로 줄을 서 있는 광경은 놀라웠다. 불심이 깊은 스리랑카 인들은 죽기 전에 이곳에 있는 석가모니의 사리를 한 번 보는 게 소원이라고 했다.

수십만 명은 충분히 될 만한 사람들이 땡볕 아래 운집해 있었지만 누구도 큰 소리를 내거나, 다투거나, 빨리 움직이지 않았다. 그들은 진신사리(眞身舍利)를 친견하기 위해 그렇게 며칠이고 기다린다고 했다. 그들의 커다랗고 검은 눈망울을 보자 무엇이 그들을 이곳으로 이끌었는지 무척이나 궁금했다.

이런 일도 있었다. 나와 일행들은 외국에서 왔다는 이유로 불치사 측으로부터 이른바 '새치기'를 허락받았다. 난 부담스러웠다. 며칠을 기다렸다는 인파를 밀어내고 앞쪽으로 끼어드는 게 양심에 찔리기도 했고, 인파로부터 눈총과 원망을 받을 것 같아서 내키지 않았다. 하지만 땡볕 아래서 며칠을 그들과 함께 기다릴 용기는 없었다. 뒤이어 벌어진 상황은 예상 밖이었다. 인파를 정리하던 경찰 두 명이 굵지 않은 기다란 끈의 양쪽 끝을 들어 한쪽으로 톡톡 치자 마치 홍해가 갈라지듯 인파 사이로 길이 생겼다. 우리가 그 길을 걸어서 불치사로 가는 동안 인파 속 어느 한 명도 눈을 흘기거나 항의하지 않았다. 궁금했다. 그들은 왜 순응할까. 공권력이 무서워서였을까.

나중에 스리랑카에서 사업을 하는 한국인을 만나 불치사에서 벌어진 일을 이야기했다. 그는 이렇게 말했다.

"아마 그 사람들은 기다리고 서 있는 그 행위도 행복한 수행이라고 생각했을 거예요."

순한 수행자 같은 사람들로 넘쳐나는 나라. 사리가 공개되는 기간 동안은 노랫소리와 웃음소리도 밖으로 새어나가지 않게 조심하는 사람들이 사는 나라. 스리랑카는 수줍었다.

눈이 시려서 눈물이 나는 곳, 에치고유자와

일본에는 '國'자가 들어가는 지명이 많다. 사국(四國, 시코쿠)이니 남국(南國, 난코쿠)이니 하는 식이다. 내게는 이 지명들이 매력적으로 다가왔다.

일본에는 근대국가가 성립하기 전 막부나 지역 중심 정치 체제가 발달했다. 그들은 강력한 권한을 가지고 독자적인 공동체를 유지했다. 물론 막부가 무너지고 근대국가가 성립된 이후 일본 열도 안에 별도의 국가조직 같은 것은 존재하지 않는다. 하지만 지금도 일본은 특정 지역에 '國'이라는 지명을 붙이고, 그것을 즐겨 사용한다. 나에게는 일본의 이런 모습이 매우 색다른 느낌으로 다가온다.

하기는 우리도 행정구역명으로는 사용하지 않지만 '나라'니 '세계'니 하는 의미의 단어를 흔히 쓴다. 무심코 '별세계', '눈 나라', '딴 세상' 같은 말을 쓰니 말이다.

가와바타 야스나리(川端康成)의 소설『설국雪國』에서 '설국'이라는 단어의 함의를 이해하기 위해서는 일본의 역사와 정치를 알아야 한다.

소설『설국』의 실제 무대였던 니가타현 에치고유자와(越後湯沢)는 정말 '설국'이었다.

눈이 내리는 계절을 골라 도쿄에서 신칸센을 타고 에치고유자와를 향했다. 도쿄에서 고속열차로 불과 1시간 20분이면 닿는 곳이었다. 고속열차는 그저 그런 풍경 속에 도쿄와 군마현을 지나 무심한 듯 목적지를 향해 달렸다. 그리고 얼마간의 시간이 흐른 뒤 시미즈(清水) 터널로 들어갔다. 일본열도 중심부를 동과 서로 나누는 에치고 산맥을 관통하는 터널이다. 기차가 터널을 빠져나갈 무렵 열차 여기저기서 감탄사가 터져 나온다. 정말 온 세상이 하얀 설국이 펼쳐지기 때문이다. 신칸센이 개통되기 전 구식 기차가 다녔던 옛날 터널은 더 길고 통과하는 데 오래 걸렸다고 하니 야스나리가 이곳을 찾았던 1930년대에는 감흥이 지금보다 더욱 강렬했으리라.

역에서 내려 숙소를 찾아가는 길에는 3~4미터 정도의 눈이 쌓여 있었다. 사람들이 다닐 수 있는 길이 열려 있다는 것이 오히려 신기했다. 가와바타 야스나리는 그 길을 걸어 다카한 여관에 갔을 것이다. 그리고 그곳에서 장기투숙하며 훗날 노벨문학상을 받게 될『설국』을 썼을 것이다.

에치고유자와에 가 보면 마을의 분위기와 소설『설국』, 그리고 가와바타 야스나리가 묘하게 닮아 있음을 느끼게 된다.

가와바타 야스나리를 생각하면 자동적으로 떠오르는 장면이 1968년에 있었던 노벨문학상 시상식 흑백 필름이다.

너무나 왜소해서 어린아이 같아 보이는 몸에 일본 전통 의상을 걸친 아시아 노인이 흰 머리칼을 반짝이며 커다란 백인들 사이에 있었다. 어른들의 세계를 비웃는 양철북의

오스카처럼 가와바타 야스나리는 커다란 두 눈으로 시상대를 응시하며 서 있었다. 그의 수상 연설은 선배 시인 료칸의 절명시를 인용하면서 시작됐다.

내 삶의 기념으로서
무엇을 남길 건가
봄에 피는 꽃
산에 우는 뻐꾸기
가을은 단풍 잎새

이 건조하고 황량한 작가에게 서양인들은 열광했다.

가와바타 야스나리는 조용한 자살로 생을 마감했다. 문학도 눈(雪)도 노벨상도 그의 타고난 허무와 황량함을 채워 줄 수는 없었다.

나는 에치고유자와를 둘러싸고 있는 산에 올라가 보고

싶었다. 스키 리프트를 타고 중턱까지 간 다음 한 시간 여를 걸어서 한 봉우리 정상에 섰다. 나는 다시 또 동의할 수밖에 없었다. 여기가 '설국'이라는 것을. 설산 뒤에 또 설산이 있고, 그 설산 뒤에 또 설산이 있는. 겹겹이 접혀 있는 하얀 산들이 솜이불처럼 펼쳐진 풍경을 바라보며 야스나리의 황량함을 만났다.

나는 그때 1년째 도쿄에 살고 있었다. 연수를 목적으로 도쿄에서 살고 있었지만 당시 도쿄행을 선택한 더 근본적인 이유는 다른 데 있었다. 삶과 사람에 지친 나는 지구 어딘가 칩거할 만한 곳을 찾고 있었다. 나를 아는 사람들이 없는 곳. 그러면서도 남들이 나를 이방인으로 특별 취급하지 않을 곳. 그냥 묻혀서 숨어 있기 좋은 곳. 단 한국이 아닌 곳.

결국 나는 도쿄 변두리 구석방과 모 대학 별관에 있는 작은 연구실에서 단독자로서의 삶을 살기 시작했다. 그때 나는 고독이 삶의 본질이 아닐까 하는 생각을 자주 하게 됐다. 결국 혼자라는 생각. 그 생각이 내 안에 가득 들어찼다.

『설국』의 땅 에치고유자와는 그 고독에 딱 들어맞는 곳이었다. 혼자라는 걸 어색하지 않게 해 주는 곳. 온 세상을 덮은 눈 위에서 누구나 나무처럼 혼자서 있을 수밖에 없는 곳.

야스나리가『설국』을 쓴 바로 그 방에서 내려다보면 눈 쌓인 마을이 보였다. 혼자여서 행복했다.

눈이 시려서 눈물이 난다던 고마코의 목소리가 들리는 듯했다.

그 강가에선 사랑과 광기를 같은 뜻으로 쓴다

'안달루시아적'이라는 말이 있다. 안달루시아(Andalusia)는 스페인에 속하지만 스페인과는 또 다른 치명적 매력이 있는 곳이다. 이슬람이 800년 동안이나 지배했던 안달루시아는 문화적 특성이나 기후, 인종적 측면에 이르기까지 유럽과는 전혀 다른 결을 지닌 땅이다.

내게 안달루시아를 가장 먼저 알려 준 장본인은 페데리코 가르시아 로르카(Federico Garcia Lorca)였다. 그는 몇 장의 사진으로 또는 몇 권의 시집으로 또 어느 날은 여행산문집 『인상과 풍경』으로 내게 다가왔다. 그에 관한 언급이 있었던 몇 권의 책들과 앤디 가르시아가 주연한 영화 「데스 인 그라나다」에서도 그를 만난 것 같다. 그는 머리에서 발끝까지 안달루시아 그 자체였다.

검은 머리칼에 짙은 눈썹, 공허하면서도 정열적인 눈빛

은 안달루시아가 어떤 곳인지 웅변해 주고도 남을 정도로 강렬했다. 그의 삶 역시 안달루시아를 위해 바쳐졌다. 안달루시아에서 나고 자란 그는 안달루시아 특유의 음악성과 독특하고 강렬한 비유, 신비스러운 감각을 시와 희곡에 담아낸 천재였다. 그의 죽음은 지금도 미스터리다. 로르카는 스페인 내전 중인 1936년 8월. 38세의 나이로 프랑코 정권에 의해 사살된다. 독재자 프랑코는 왜 시인을 죽여야 했을까. 프랑코 정권은 무엇 때문에 로르카를 그렇게 두려워했을까. 아마 로르카가 안달루시아 자체를 의미했기 때문에 그를 죽여야 하지 않았을까. 안달루시아인의 저항을 잠재우기 위해 독재자는 그 구심점인 로르카를 죽였을 것이다.

로르카의 시 중에 「세 강의 발라드」라는 작품이 있다.

과달키비르강은 흐르네.
오렌지와 올리브 나무 사이로,

그라나다의 두 강은

눈 덮인 산에서 보리밭으로 흘러 내려오네.

아아, 사랑

가서는 돌아오지 않는

과달키비르강은

석류의 수염을 가졌네.

그라나다의 두 강은

하나는 눈물, 하나는 피라네.

아아, 허공으로 사라져 버린

사랑이여.°

° 페데리코 가르시아 로르카, 정현종 옮기고 엮음, 『강의 백일몽』(민음사, 2003).

안달루시아를 흐르는 강이 과달키비르(Guadalquivir)강
이다. 아랍어로 큰 강(Wadi al Kebir)을 뜻하는 단어에서 유
래했다고 한다. 난 안달루시아 여행을 다녀온 뒤 지금도 인
터넷 ID로 강을 의미하는 아랍어 'kebir'를 즐겨 쓴다. 과달
키비르는 사실 이름처럼 거대한 강은 아니다. 하지만 건조
하고 무더운 안달루시아 지방의 풍광 속에서는 단연 돋보이
는 존재다. 안달루시아의 모든 것을 지켜보았으며, 안달루시
아인의 모든 눈물을 싣고 대서양으로 흘러가는 과달키비르.
이 강은 그들에게는 강 이상의 의미를 지닌 상징적 존재다.

안달루시아는 허공으로 사라진 것들에게 바쳐진 땅이다.
이제는 사라진 눈물의 이슬람 왕조가 있던 땅. 집시들의 한
이 서린 땅. 세상에서 가장 아름다운 폐허 알함브라를 남긴
땅. 짙고 검은 눈동자의 한 시인이 사라진 땅. 그리고 수많
은 인류의 피가 흘렀던 땅.

나는 알함브라 궁전 근처 그라나다의 한 동굴 식당에서

동행한 친구들과 플라멩코 공연을 봤다. 기독교 세력은 이 곳을 지배하던 이슬람 세력을 쫓아내고 이곳에 살던 집시들과 유대인들에게 개종을 강요했다. 이를 거부한 이들이 동굴 속에 숨어 살게 된 것이 그라나다 동굴 마을의 시작이라고 했다. 집시들의 한탄과 안달루시아 전통 춤과 민요 그리고 기타 반주가 만나 빚어내는 플라멩코는 안달루시아를 안달루시아답게 만들어 주는 필연적인 주술 같았다.

나는 스페인어를 할 줄 아는 동행에게 집시들이 부르는 노래 가사가 무슨 의미를 담고 있는지 물어보았다. 관객들을 향해 때로는 항의하듯, 때로는 고백하듯, 때로는 호통치듯 외치는 그 의미가 궁금해서였다. 뜻은 예상했던 것보다 더 과격했다. 대충 이랬다.

"너도 어젯밤을 기억하지. 그런데 날 버렸어. 왜 그랬어. 하지만 난 널 사랑해. 심장을 도려내더라도 난 널 사랑할 거야."

사랑과 광기가 동의어로 쓰이는 곳. 그곳이 안달루시아였다.

안달루시아를 여행할 때 반드시 떠올려야 하는 사람이 있다. 파블로 피카소(Pablo Picasso)다.

피카소는 안달루시아 지방 남쪽 항구 도시인 말라가에서 태어났다. 피카소의 젊은 시절 사진을 보면 로르카에게서 느껴지는 안달루시아적 풍모가 그에게도 명징하게 있었음을 알 수 있다. 그는 열네 살이 될 때까지만 안달루시아에서 살았지만 그의 작품 세계와 삶은 안달루시아라는 자기장 안에서 만들어진 것이었다.

스페인을 여행하는 동안 피카소의 작품 「게르니카」가 못 견디게 보고 싶었다. 이 작품은 피카소의 고향 안달루시아가 아닌 마드리드에 있었다. 「게르니카」의 운명은 기구했다. 프랑코 군부의 사주를 받은 나치가 스페인 북부 바스크 지방에 무자비한 폭격을 퍼부어 주민들을 학살한 비극을 묘사

한 이 그림은 프랑코가 집권하던 시기엔 미국 등을 전전해야 하는 처량한 신세였다. 그림이 고향 스페인에 돌아온 건 프랑코가 죽은 이후인 1981년이었다. 이 그림은 지금 마드리드 레이나 소피아 국립미술관(Museo Reina Sofia)에 있다.

「게르니카」를 보기 위해 비가 추적추적 내리던 날 아침 아토차역 앞에 있는 레이나 소피아 미술관에 갔다. 비 내리는 평일 아침이어서인지 미술관에는 사람이 거의 없었다. 「게르니카」가 있는 층으로 올라갔다. 어두컴컴한 조명 아래 가로 7.8미터 세로 3.5미터 크기의 거대한 「게르니카」가 걸려 있었다. 회색과 흰색의 제한적인 색채로 그려 낸 비극. 그 비극의 한가운데 내가 있었다. 작품이 걸려 있는 방에는 그림을 지키는 정복을 입은 경비원 한 명과 나밖에 없었다. 그 고요 속에서 한참 동안 넋을 잃고 「게르니카」를 바라봤다.

무념무상이 그런 것이었을까. 지금도 그 순간을 잊지 못한다. 내가 「게르니카」 앞에 단독자로서 있던 그 시간을.

나일강은 길고 느렸다

이집트 카이로 기자에 있는 쿠푸왕 피라미드 앞에서 미셸 우엘벡(Michel Houellebeq)의 소설 『소립자』를 읽었다. 날은 더웠다. 섭씨 40도를 넘는 대기는 지구의 종말을 상상할 만큼 답답하고 힘겨웠다. 쿠푸왕 피라미드로 들어가는 어두컴컴한 입구는 아주 짧은 순간이라도 여기에 머물렀던 모든 인류의 땀 냄새를 머금고 있었다. 4500여 년 전 이 피라미드를 건설했던 무고한 백성과 노예들, 그 이후 이 피라미드를 훼손한 도굴꾼들과 백인 탐험대와 관광객들의 땀까지. 고대로 가는 이 의미심장한 입구에서 『소립자』를 읽었다. 쿠푸왕 피라미드의 두려운 그림자 앞에서 나는 한없이 부질없어지는 주인공 부뤼노와 미셸의 자멸에 공감했다.

나일강은 길고 느렸다. 삶과 죽음, 현대와 고대가 뒤엉켜 흘러가는 강물 앞에서 이방인들은 사진을 찍었고 현지인들은 이슬람 예배 시간을 알리는 아잔 소리에 맞춰 메카를 향해 기도를 올렸다. 시간은 더디게 흘렀다.

나는 날마다 모든 채색이 지워진 채 황토색으로만 남아 있는, 상형문자 가득한 거대한 신전의 기둥을 오래도록 들여다보았다. 그 기둥에 새겨진 염원과 기다림이 그대로 내게 이식되는 섬뜩한 순간이었다. 신전을 세웠던 남자들은 모두 사랑이 식는 걸 두고볼 수 없었던 모양이다. 사랑이 죽어가는 건 더더욱 볼 수 없었으리라. 그래서 그들은 죽음에 관한 모든 상징들이 자신을 경배하도록 신전 기둥에 새겨놓았다. 물론 사랑이 식거나 죽는 꼴을 볼 수 없었던 남자도 결국은 사하라의 먼지가 되었다. 아니면 미쳐 버렸거나. 그 기록……. 망각마저도 극복하려고 했던 뼈아픈 기록이 신전 기둥에 남아 있었다.

나일강은 혼란스러웠다. 카이로에서 아스완까지 3박 4일 동안 내려가는 나일 크루즈는 냉탕과 온탕을 넘나드는 묘한 혼돈 속에 나를 밀어넣었다. 말이 크루즈일 뿐 실제로는 컨테이너를 이어 붙인 듯 다닥다닥 붙은 침실들과 식당이 올려져 있는 커다란 배라고 말하는 게 옳겠다. 4층쯤 되는 침대칸 맨 위 옥상에 수영장이 하나 있기는 했는데 공중목욕탕만 한 크기여서 오히려 웃음이 났다.

그래도, 천천히 흘러가는 배에서 보이는 나일강변 시골 풍경은 고즈넉하고 아름다웠다. 그 옛날 수천 년 전부터 농부들이 그래 왔듯 검은 아프리카 물소를 몰고 밭을 가는 모습은 평화로웠다. 이름 모를 새들이 석양 아래서 떼 지어 나는 모습도 유적지 위로 느릿느릿 지는, 붉다 못해 검은 해도 예사롭지 않았다. 하지만 현실은 그곳에서도 여전히 욕망의 얼굴로 다가왔다.

둘째 날 배가 천천히 어느 마을을 지나칠 무렵 작은 나무배를 탄 청년들이 노를 저어 크루즈선 옆으로 다가왔다. 크루즈 선 옆으로 몰려든 작은 배는 10여 척 정도 되어 보였다. 숨가쁘게 노를 저어 크루즈선을 따라잡은 청년들은 끝에 갈고리가 달린 밧줄을 크루즈선에 던져 연결한 뒤 기다란 장대로 선실 창문을 두드리기 시작했다. 소리에 놀란 관광객들이 창문을 열자 청년들은 능숙한 솜씨로 천으로 된 옷가지나 작은 카펫 같은 걸 안으로 던져 넣었다. 그들이 던진 물건은 정확하게 선실 안으로 쏟아져 들어왔다.

청년들은 터무니없는 돈을 달라고 큰 목소리로 소리를 지르기 시작했다. 관광객들이 그들이 탄 배로 다시 물건을 던져 주었지만 그들은 물건을 받지 않고 물에 빠트린 다음 더 큰 돈을 요구했다. 물건을 망쳤으니 변상을 하라는 생떼였다. 그러면서 그들은 '당신들은 도둑이야. 알리바바!(You're a thief. Ali Baba!)'라고 외쳤다 더욱 놀라운 건 우리를 보호해야 할 크루즈선 선원들의 태도였다. 말리기는커녕 키득키득 웃으며 그들의 행동을 수수방관하고 있었다. 가재는 게 편이라고 했던가. 그들은 그렇게 동포애를 발휘했고, 나를 비롯한 이방인들은 도둑 알리바바가 되어야 했다.

그렇게 한바탕 소란이 지나가고 나면 언제 그랬냐 싶게 나일강은 유장하게 흘러가고 있었다.

나는 나일강에서 측정할 수 없이 오래된 슬픔들을 보고 싶었다. 그 슬픔들을 보면서, 그 지층들을 보면서 무엇을 버리거나 무엇을 얻을 수 있으리라 생각했다. 하지만 나는 아무것도 버리지 못했고 아무것도 얻지 못했다. 단지 인간은 어디서나 극성스럽고 부질없게 살고 있다는 사실을 알았을 뿐이다. 소립자처럼.

나일강을 벗어나 아라비아 반도로 가는 버스 안에서 소립자의 한 구절을 생각했다.

돌이켜보면 인간들이 자신들의 소멸을 그토록 고분고분하게 받아들였다는 사실이 그저 놀랍기만 하다. 어쩌면 그들이 안도감을 느끼며 자기들의 소멸에 동의한 것이 아닌가

하는 생각마저 든다.

누구는 피라미드 앞에서 사진을 찍으며, 누구는 관광객을 상대로 푼돈을 얻어내며, 또 누구는 신을 향해 숭고한 기도를 올리며 소멸하고 있었다. 사랑이 식는 걸 받아들이지 못했던 파라오들처럼.

여행

그 어떤 첨단 천체망원경을 동원해도 우리는 우주 대부분의 모습을 보지 못한다. 망원경 성능에 문제가 있어서도 아니고 우리의 시력에 한계가 있어서도 아니다. 아주 자명한 과학적 진리 때문에 그렇다.

우주 대부분의 지역은 우리와 너무나 멀리 떨어져 있어서 그곳에서 출발한 빛이 우리에게 도달하는 데 걸리는 시간이 우주의 나이보다도 길기 때문이다.

우주의 나이로도 감당이 안 되는 광활한 은하계 한가운데 '지구'라는 행성에서 우리는 산다. 때로는 아름답고 때로는 모순덩어리인 그곳에서 우리는 산다. 그래서 지구는 사랑스럽고 또 한편으로는 초라하다.

사랑스럽고 초라한 지구를 거니는 일, 그것이 여행이다.

인간은 외로운 존재다. 그래서 철저히 외롭고, 잘 외로운 사람이 성숙한 사람이다. 여행은 그 외로움과 마주하는 일이다.

우리는 늘 타인과의 관계 속에서 아프다. 우리는 타인에 대해서 결코 가능하지 않은 꿈을 꾸면서 인생을 소비한다. 누군가 나를 기다려 줄 것이라는 미망(迷妄), 누군가 나를 결코 버리지 않을 것이라는 미망, 내가 누군가를 변화시킬 수 있으리라는 미망.

여행은 이런 어둡고 어리석은 미망으로부터 벗어날 수 있게 해 준다.

냉혹할 정도로 차가운 공기가 가득했던 북극해의 어느 만(灣)에서, 도대체 몇 천 년을 살아왔을지 모를 거대하고 검은 숲의 한가운데에서, 하루 한 끼를 먹기 위해 탄광 속으로 들어가던 한 소년의 망연자실한 눈동자를 보며, 죽고 싶을 정도로 아름다웠던 빙하를 바라보며 우리는 미망에서 벗어난다.

결국 우리는 이토록 혼자여서 아찔하고 아름답다.

리듬도 정치적일 수 있다.

이카루스의 날개

높이 날아 보려고 한 자들은 모두 태양을 마주해야 하는 벌을 받나 보다.

주인은 어디 가고 날개만 남았다. 날개를 떨어뜨리고 어디로 갔을까.

날개 주인은 이카루스였나 보다.

이카루스는 아버지 다이달로스와 함께 미노스왕의 미움을 받아 크레타 섬에 갇힌다. 견디다 못한 아버지 다이달로스는 탈출 계획을 세운다. 밀랍으로 이어 붙인 날개를 만들어 달고 섬을 벗어나는 것이다. 다이달로스는 날아오르기 전 아들에게 몇 번이고 당부한다.

"태양에 너무 가까이 가지 말아라."

하지만 이카루스는 아버지의 말을 어기고, 태양 가까이 높이 날다가 밀랍이 녹아 버리는 바람에 바다에 떨어져 죽는다.

높이 날아오른 대가는 가혹하다. 그렇다 하더라도……

태양의 저주가 약속되어 있더라도 높이 날아오르고 싶다.

나는 오늘 날개 주인이 자꾸만 궁금하다.

어디로 갔을까.

어느 바다에 떨어져 발버둥을 치고 있을까.

헛수고

"헛수고라도 좋았다." 가와바타 야스나리 기행문°의 첫
문장을 이렇게 썼다.

10년쯤 전. 경유지라고 생각했던 그곳에서 긴 시간을 머
물게 됐고 이 남자 가와바타 야스나리를 만났다. 그곳에 머무
는 동안 어느 날은 이 남자를 미워했고 어느 날은 이해했다.

어느 날은 이 남자와 싸웠고 어느 날은 끌어안았다. 그는
떠났고 나만 남았다.

그는 설명하면서 목적지에 가 닿지 않았다. 생략하면서
목적지에 가 닿았다.

° 허연, 『가와바타 야스나리-설국에서 만난 극한의 허무』(아르테, 2019)

시인의 눈

이집트 신전에 가면 사람의 '눈' 모양을 한 문양을 보게 된다.

흔히 '호루스의 눈'이라는 이 문양은 고대 이집트의 전설에서 비롯된 상징이다.

호루스는 하늘의 신과 땅의 신 사이에서 태어났으나 삼촌 세트에 의해 쫓겨나고 눈을 잃게 된다. 하지만 지혜의 신인 토트가 산산조각 난 눈을 이어 붙여 주자 다시 힘을 얻어 세트를 몰아내고 왕권을 찾는다.

이때부터 '호루스의 눈'은 왕권을 상징하는 표식이자 건강과 지혜를 상징하는 문양으로 흔히 쓰이게 됐다.

이집트에 가면 뱃머리나 마차에 '호루스의 눈'이 그려져 있는 경우가 있다. 앞을 똑바로 보라는 뜻이리라.

네팔의 사원인 스투파에도 눈이 그려져 있다.

이 역시 깨어 있으라는 의미다.

눈 크게 뜨고 중생을 살피라고

구석구석 어두운 곳까지 살피라고 커다란 눈을 그려 넣었으리라.

성병희 작가가 나의 눈을 모델로 그린 그림이 있다. 제목은 '시인의 눈'이다.

그림에는 새들이 많이 그려져 있다.

가장 시력이 좋은 짐승이 새라고 한다. 새들은 인간보다 몇십 배 뛰어난 시력으로 높이 날면서 세상을 본다. 그런 새들처럼 눈 크게 뜨고 세상을 보라고 새를 그려 넣었을까?

크게 뜬 눈으로 세상에 숨겨진 이미지를 찾아내라고 그려 넣었을까?

자세히 물어보진 못했지만 볼 때마다 정신이 번쩍 나는 그림이다.

내 눈이 나를 보고 있는 느낌. 신선하다.

주목(朱木)

어디 높은 산정에 있어야 할 것 같은 주목이
도시 한복판으로 유배를 왔다.
자라는 속도가 느려서일까.
주목은 '생각이 많은 나무'처럼 생겼다.
이 생각 많은 주목은 도시 한복판에서 무슨 고민에 빠져
있을까. 살아남을 수 있을까.

1600년 전 가야인들이 무덤 덮개석에 그렸다는 별자리
그림을 보면서 생각했다. 돌아오는 새해에는 이 별들의 위
치를 다 외울 것이다. 외워서 똑같이 그릴 것이다. 별의 이
야기와 별의 눈물과 별의 죽음을 한없이 알고 싶다.

나는 늘 망가진 천사를 그리워했다. 야근에 찌든 천사, 하

늘을 날다가 피뢰침에 걸려 지상으로 추락한 천사, 내리는 비를 쫄딱 맞고 옥탑방 처마에서 젖은 날개를 말리고 있는 천사.

나는 늘 이런 천사를 그리워했다. 망가진 천사만이 숭고하고 아름답다. 망가진 천사만이 내가 원하는 천사다.

실낙원

"수많은 덧없고 헛된 것들이
증기처럼 사라질 것이다."°

밀턴의 『실낙원』 3편에 나오는 이 구절은 내게 강렬했다.
그 기억 때문일까. 증기로 가득 찬 대중목욕탕은 내게 지
옥보다 강렬한 공간이었다. 사람 얼굴이 안 보일 정도로 김
이 풀풀 나는 솥단지 앞에서도 난 지상을 날아 어디론가 사
라지는…… 그러고는 곧 보이지 않게 되는 그 무엇과의 이
별에 골몰했다.
　애플의 CEO 팀 쿡이 프리젠테이션 자리에서 경쟁사 스
마트폰을 비난하며 이 구절을 인용할 때 깜짝 놀랐다. 동시
에 『실낙원』의 이 구절이 나에게만 트라우마를 남긴 것은
아니라는 위안을 받았다.

김이 모락모락 나는 뚝배기에 담긴 음식 앞에서도 발현되는 나의 쓸모없는 상상력에 대한 위로를 받았던 셈이다.

나는 간헐천을 보면 지옥이 보인다.

° 존 밀턴, 이창배 옮김, 『실낙원』(범우사, 1989).

통영 바다

경남 통영이 고향인 시인 김춘수는 「처용단장 1」이라는 시에서 이렇게 읊었다.

"바다가 왼종일/ 새앙쥐 같은 눈을 뜨고 있었다./ 이따금/ 바람은 한려수도에서 불어오고 (……) 날이 저물자/ 내 늑골과 늑골 사이/ 홈을 파고/ 거머리가 우는 소리를 나는 들었다./ 베고니아의/ 붉고 붉은 꽃잎이 지고 있었다."

나는 궁금했다. '새앙쥐 같은 눈을 뜬 바다'는 어떤 바다일까.

이번에 통영에 가서 알았다. 새앙쥐 같은 눈을 뜬 바다가 무엇인지.

통영운하에서 바라본 바다는 거세지도 않고, 시퍼렇지도 않았으며, 웅장하지도 않았다. 통영의 바다는 작고 귀엽고 나른했다. 막 졸음을 깬 새앙쥐의 눈 같았다.

통영 바다는 새앙쥐의 눈처럼 가늘고 여리게 그리고 나른하게 일렁거리고 있었다.

허수경 선배

독일에서 허수경 시인의 부고가 도착했다. 잠시 머뭇거리다 이내 '프랑크푸르트의 그 웃음'이 떠올랐다. 10년 전쯤 독일 프랑크푸르트에서 그를 만났을 때 일이다.

몇몇 글 쓰는 선배들과 함께였는데 나는 그 자리에 동석한 선배들이 못마땅했다. 젊은 날의 치열함을 잃어버린 채 교수가 됐다고 너스레를 떠는 모습이 역겨웠다.

참다 못한 나는 그들을 겨냥해 아주 가시 돋친 농담을 던졌다. "학생들이 불쌍하지도 않아요?" 술자리는 이내 썰렁해지고 말았다. 그때 딱 한 사람만이 웃기 시작했다. 허수경이었다.

그는 내게 한쪽 눈을 찡긋하면서 그렇게 한참을 웃어 주었다. 어쨌든 허수경의 웃음 때문에 그 말은 '농담'이 되었고, 더 큰 분란은 벌어지지 않았다.

허수경은 따뜻하고 배려심 많은 선배였다. 하지만 그의 마음속에는 무엇과도 바꿀 수 없는 상처들이 가득 들어차 있었다. 그 상처와의 분투, 그 상처와의 화해가 허수경 선배의 시를 잉태했다.

그의 시 「혼자 가는 먼 집」에는 이런 구절이 있다.

"당신이라는 말 참 좋지요, 내가 아니라서 끝내 버릴 수 없는, 무를 수도 없는 참혹….".°

따옴표가 세 개였는지 네 개였는지 아니면 그 이상이었는지 정확히 기억은 안 나지만, 이 구절만큼은 마음에 남았다.

잘 가시라. 그리고 다시 오지 마시라. 끝내 버릴 수 없는 당신에게…… 그 참혹한 이승에게 다시 오지 마시라.

° 허수경, 「혼자 가는 먼 집」, 『혼자 가는 먼 집』(문학과지성사, 1992).

구름은 바보

대학 시절 좋아했던 시 구절이 있었다.

"구름은 바보,/ 내 발바닥의 티눈을 핥아주지 않는다"는 대목이었다.

김춘수가 쓴 시에 나오는 구절이었는데 시 제목은 '시 2'였다.

이 구절이 내게는 시의 절대미와 시의 냉혹함을 알려주는 하나의 계시처럼 다가왔다.

구름은 누구나 볼 수 있다. 빈자도 부자도, 갓 태어난 어린아이도 마지막 숨을 몰아쉬는 노인도 구름을 볼 수 있다. 하지만 그 구름은 우리에게 아무것도 해 주지 않는다. 내 발가락의 작은 티눈 하나 핥아 주지 않는다.

지상에서 어떤 일이 벌어지든 구름은 있고, 구름은 무심히 흐른다. 지구의 나이만큼을…… 아무 일 없다는 듯.

예술은 결국 패배할 줄 뻔히 알면서도, 도달하지 못할 줄 알면서도 어떤 절대미에 도전하는 작업 아닐까?

문학평론가 김현은 김춘수의 시를 평가면서 이런 말을 했다.

"예술은 결국 무한으로 가는 통로이다."

김현은 여러 가지 정황이나 계보로 볼 때 김춘수의 시에 찬사를 보내는 평론가는 아니었을 것이다. 그래도 김현은 김춘수의 시가 무한을 향해 가고 있음을 인정했다. 김현의 미덕이다.

김현과 김춘수, 그리고 허수경까지.

그들은 무한으로 갔다. 그들이 겹겹으로 닫혀 있던 문을 하나씩 열고 나아갔을 그 노정에 찬사를…….

예술

　신념이었던 것들이 직업이 되는 희한한 세상을 살고 있다. 신념이 직업이 되는 일은 사랑이 직업이 된다거나, 우정이 직업이 된다는 말처럼 어색하다. 하지만 지금 이 나라는 신념이 직업이 된 사람들로 넘쳐난다.

　신념이 밥이 될 때, 이미 신념은 신념으로서의 가치를 잃은 것이다. 신념은 상하기 쉬운 것이니까.

　'예술은 중간 관문을 거치지 않고 늘 목적에 이른다'는 지젝의 말을 생각한다. 맞다. 그래서 예술은 설명할 수 없는 그 무엇이 된다. 예술을 복기(復棋)할 수 있다고 믿는 자, 예술을 분해할 수 있다고 믿는 자는 어리석다.

　더 확장하자면 예술을 놓고 선과 악을 논하는 것도 의미가 없다. 우리가 보는 예술은 늘 이미 완성된 것이니까.

해바라기의 비명

함형수의 시 「해바라기의 비명(碑銘)」이라는 시가 생각나는 날이다.

나의 무덤엔 그 차가운 빗돌을 세우지 말라.
해바라기의 긴 줄거리 사이로 끝없는 보리밭을 보여 달라.
푸른 보리밭 사이로 하늘을 쏘는 노고지리가 있거든 아직도 날아오르는 나의 꿈이라고 생각해 달라.

빈센트 반 고흐처럼 정신분열증을 앓았다는 함형수 시인은 꿈속에서 고흐를 만났던 것 같다.

그는 일제강점기 궁핍과 울분 속에서 짧은 삶을 살다 1946년 서른두 살이라는 이른 나이에 세상을 등졌다. 하지만 그의 절창은 남아서 우리를 울린다. 못다 이룬 시인의 꿈은 지금쯤 어느 창공을 날고 있을까.

트로츠키

트로츠키라는 인물에 이유 없이 연민이 생긴다. 최근에 본 드라마 「트로츠키」에는 트로츠키가 빈에서 프로이트의 강연을 듣는 장면이 나온다. 둘은 강연이 끝나고 계단에서 약간의 논쟁을 하는데 그때 트로츠키가 프로이트에게 한 말이 압권이다.

"당신은 나약함과 싸우지만, 나는 강함과 싸웁니다."

정신병리학자였던 프로이트는 인간의 숨겨진 병적 무의식을 파헤쳤고, 트로츠키는 인간의 욕망과 권력 의지를 링위에 올려 놓고 대결한 사람이었다. 다른 길을 걸었지만 둘은 세상을 바꿨다.

가을 하늘

인상파 화가들은 유난히 가을 하늘 아래 양산을 든 여인들을 많이 그렸다. 양산을 쓴 여인 뒤로 펼쳐진 하늘을. 바람에 흩날리는 스커트 자락과 한쪽으로 쏠린 풀잎들.

가을 하늘은 친절하다. 하늘의 문을 열어 달라고 했을 때 가을은 허락한다.

가을 하늘이 높다. 그 사람은 뭘 하고 있을까.

예외의 날들

예외의 날들이 시작됐을 때 시를 쓰기 시작했다.

정의가 반드시 이기지 않는다는 걸 알았을 때, 네거리에 걸린 근사한 표어대로 세상이 흘러가지 않는다는 걸 알았을 때, 사랑이 국경은커녕 느끼한 현실조차 넘지 못할 때도 많다는 걸 알았을 때, 신이 전지전능하지만은 않다는 걸 알았을 때, 학교 앞 문구점에서 호떡을 파는 것이 충분히 있을 수 있는 일이라는 걸 깨닫기 시작할 때, 시를 쓰기 시작했다.

내 시는

내 시는 나만의 공화국에서 벌어지는 일일뿐이다. 몇 명
의 독자들이 내 공화국을 찾아주는 건 하나의 정치적 승리
다. 결코 문학정신의 승리라고 생각하고 싶지는 않다.

게르니카

어떤 예술작품을 감상한다는 것은 일종의 운동이고 체험이며 더 나아가 나를 변형시키는 일이다.

스페인 마드리드에서 피카소의 「게르니카」를 봤던 날이 기억난다. 출장길이었는데 마드리드를 상징하는 프라도 미술관은 일정에 포함되어 있었지만 「게르니카」를 소장한 작은 미술관 소피아는 빠져 있었다.

아쉬운 마음에 '게르니카'라는 격음을 입안에서 몇 번 발음하자 심장이 두근거리기 시작했다. 이상스럽게 마음이 안절부절했고 밤에도 잠을 잘 이루지 못했다.

새벽녘 벌떡 일어나 「게르니카」를 보러 가기로 결심했다. 일행들과 바라한 공항에서 점심 무렵 비행기를 타기로 했으니 시간이 없었다.

아침 일찍 짐을 챙겨들고 택시를 불러 타고 호텔을 나섰다. 미술관이 9시에 문을 여니까 문 여는 시간에 맞춰 게르니카를 만나고 곧바로 공항으로 가면 될 일이었다.

그런데 갑작스레 차가 막히기 시작했다. 조금씩 막히는가 싶더니 시간이 지나면서 아예 꼼짝을 안 했다. 나는 택시에서 내려 커다란 여행가방을 끌고 울퉁불퉁한 중세의 보도블럭이 깔린 길을 뛰기 시작했다. (나중에 알고 보니 그날 아침 아토차역 인근에서 테러로 의심되는 총격 사건이 벌어져 경찰이 인근 교통을 완전 차단하는 일이 있었다.)

감당할 수 없이 숨이 차올랐고, 여행가방은 자꾸만 중심을 잃고 쓰러졌다. 비까지 내리기 시작했다. 뛰다 서다를 반복하면서 소피아 미술관에 도착했다. 나는 입구에서 표를 산 다음 「게르니카」가 걸려 있다는 2층으로 뛰어올라갔다. 아무도 없었다. 정확히 말하면 게르니카 앞에 부동 자세로 서 있는 경비원과 나를 빼고는 아무도 없었다.

숨이 멎는 것 같아서 가슴을 손으로 문질렀다. 「게르니카」는 모노톤이었다. 내 머리는 왜 「게르니카」를 컬러로 기억하고 있었을까. 타닥타닥 석조건물을 때리는 빗소리가 들리는 어두컴컴한 2층 전시실에는 「게르니카」와 나, 그리고 무표정한 경비원. 이렇게 세 가지 입장이 정지 화면처럼 서 있었다.

그날 이후 나는 한동안 이렇게 떠들고 다녔다.

"세상 사람은 둘로 나눌 수 있어. 「게르니카」 본 사람과 「게르니카」 못 본 사람."

「게르니카」를 만난 내 체험이, 그 감동이 어떤 언어로도 대체될 수 없다는 게 안타까웠다.

그날 운동했던 내 심장을, 도파민을 분비했던 뇌를 누구에게도 줄 수 없다는 게 안타까웠다. 이 글을 씀으로써 또 안타까워진다.

나는 「게르니카」로 인해 변형됐다.

순간

무의미하고 멍한 많은 시간 속에 가끔 찾아오는 의미 있고 총명한 순간. 이 순간에 시를 쓰게 되는 것 같다.

무중력

　마음에 드는 시를 쓰고 나면 한 10분쯤 무중력 상태에 있는 것 같다…… 그리고 나서는…… 그 시마저 흔적이 되는 것……

궁극

어린 시절 제시 오언스, 에밀 자토벡, 요한 쿠르이프, 루드 굴리트 같은 스포츠 스타들이 내게 영감을 주는 대상이었다. 나는 그들의 밸런스에서 궁극을 보았다.

권진규

가끔 누군가가

어떤 예술가로부터 가장 큰 영향을 받았느냐고 물을 때
가 있다.

그럴 때마다 가장 먼저 권진규를 떠올린다.

내 데뷔작 제목도 「권진규의 장례식」이다.

나는 지금도 신비하고 본질적이며 귀기 어린……

그러면서도 인간적이며, 또한 구도자적인

그의 테라코타를 자주 들여다본다.

야근을 하는 오늘밤도 그랬다.

그러다 갑자기 궁금해졌다.

그가 자살한 작업실 벽에 써 있었다는 낙서

"최근에 만난 분 중에 가장 희망적이셨습니다"는 지금도
남아 있을까?

오랜만에 미아리 고개 근처 그의 작업실에 가 보고 싶어졌다.

지원의 얼굴

1980년대 중반 샘터화랑에서 열렸던 전시회에서 권진규의 작품 「지원의 얼굴」을 실제로 봤다.

미술 잡지에서 오려내 책상 앞에 붙여 놓았던, 오랫동안 사진으로만 뚫어지게 봤던 그 테라코타를 봤다.

피가 머리 끝으로 몰리는 듯했고 오한이 일었다.

낡은 삼선교 작업실에 써 있었다는 그 말, '인생은 공(空) 그리고 파멸'이라는 말이 생각났다.

누구는 설명하면서 죽어 가고…… 누구는 말줄임표를 찍으면서 죽어 간다.

권진규는 궁극으로 갔다.

볼프강 보르헤르트

볼프강 보르헤르트에 관한 글을 썼다.

그는 스물여섯 짧은 생을 전쟁터와 감방과 병실을 전전
하며 살았다.

그런 그가 남긴 글은 유독 수정처럼 맑다.

보르헤르트는 야만의 시대 한복판에서

세상의 죄를 대속하듯 수정 같은 글을 썼던 것이다.

한 치 앞도 보이지 않던 청춘 시절 나는

힘들 때마다 보르헤르트를 떠올렸다.

불도 안 땐 자취방에서,

최루탄이 자욱한 거리에서,

첫눈이 오던 신병교육대에서,

사랑하는 사람을 떠나보낸 광장에서,

어머니를 땅에 묻으며 나는 보르헤르트를 떠올렸다.

나의 아픔은 보르헤르트 앞에서는 사치였다.

끝나기 전에는 끝난 게 아니다

알콜중독으로 정신병원에 감금되기도 했던 영국의 축구 스타 폴 개스코인이 택시기사가 구단주로 있는 동네축구팀과 계약했다는 외신을 보면서

"끝나기 전에는 끝난 게 아니다."

이 흔한 말이 왜 그렇게 와 닿는지

난 그를 좋아했었다. 그의 절정을 좋아했었고 그의 파멸까지 좋아했으며 이제 그의 부활을 좋아할 것이다.

그리가로비치가 안무한 「스파르타쿠스」의 발레리노를 연상시키던 그의 신비스러운 밸런스는 무너졌을 것이다. 하지만 그는 여전히 폴 개스코인이다.

그의 절정과 몰락을 보여 주는 두 장의 사진을 보면서 다음 사진을 기다린다.

시골 운동장의 발레리노를…… 그래, It ain't over till it's over.

문단

맺고 있는 사회적 관계가 '문단'뿐인 사람들. 난 그들의 속마음과 아픔을 잘 모르겠다. 그들은 내가 배려하지 못하는 것을 배려하고 내가 배려하는 것을 배려하지 않는다. 재밌지만 익숙해지지는 않는다.

미지의 세계

과학자들은 세상과 현상에 도전했다. 그들은 어떤 시대이건 뭔가를 밝혀 냈고, 그들이 밝혀 낸 것이 정설로 확인됐을 때 세상의 규칙이 바뀌었다. 그러나 그들이 감당하기에 우주는 너무나 무한했고, 세상엔 너무나 많은 함수가 있었다. 그들은 분명 지적인 도전자들이었고, 팩트를 신봉한 지식인들이었지만 그들도 어떤 시(詩)적인 순간에 맞닥뜨리는 날들이 많았다.

과학자들이 감성에 물들 수밖에 없는 그 순간 시는 그곳에 있었다.

아이작 뉴튼은 세상의 한 틈새를 비집고 들어가 팩트를 찾아낸 천재였다. 그러나 그가 찾아낸 것은 어마어마한 우주 현상의 아주 일부에 불과했다. 질량이 있는 두 물체 사이에 작용하는 '힘'의 원리를 중력의 법칙으로 계산해 낸 그는 더 큰 고민에 빠져들었다.

그의 방정식에 따르면 우주에 있는 태양을 비롯한 행성들은 서로 잡아당기는 힘 때문에 난리가 났어야 했다. 하지만 뉴튼의 불안과는 달리 우주는 질서정연하게 그 자리에서 움직였다. 왜 그럴까. 뉴튼은 중력의 존재는 찾아냈지만 행성들이 왜 서로의 중력 때문에 부딪치거나 추락하거나 태양계 밖으로 날아가 버리는 일이 일어나지 않는지는 알 수가 없었다.

이 순간 뉴튼은 갑자기 문학적이 된다. 뉴튼은 자신을 바닷가에서 조가비를 찾은 소년에 비유한다.

그렇다. 시키는 대로, 남들 사는 대로 살지 않으려고 애쓴, 남들이 다 하는 말이 아닌 나만의 말을 하려고 애쓴 도전자들은 그들이 과학자든 시인이든 결국 조가비를 찾는 소년들이었다.

나는 시인이 하는 일이 뭘까를 생각할 때 수많은 과학자들이 넋을 놓고 바라봤을 그 무한한 우주를 생각한다.

시를 쓰는 일이 대단하다는 뜻이 아니다. 시를 쓰는 일은 이미 남들이 다 한 말을 다시 하거나, 다 알고 있는 일반상식을 반복하거나, 하나 마나 한 구호를 외치는 일이 아니라는 뜻이다.

글자로 된 퍼포먼스는 너무나 다양하게 세분화된 방식으로 명명되어 있다. 구호가 있고, 표어가 있고, 안내판이 있고, 설명서가 있고, 판결문이 있다. 이 문서들은 대부분 명백하고 확실하다. 그러나 이 현실적인 문장들은 미지의 세계를, 끝이 안 보이는 심연을, 도저히 문자로 설명하기 힘든 감정을 이미지로 만들어 주지는 않는다.

언젠가부터 일반상식을 써 놓고 이것을 시로 봐 달라는 떼쓰기가 흔해지고 있다. 그들은 일반상식을 넘어선 시를 놓고 난해하다고, 삶에서 동떨어져 있다고 비난한다. 이해하기 힘든 시각이다. 물론 난해함에 숨어서 자신의 낮은 기량을 숨기는 자들도 있다. 하지만 그들을 번외에 놓으면 될 일이지 무엇인가에 도전해서 이미지를 얻어 낸 도전자들의 고유한 노력까지 폄훼하는 건 문제다. 도전자를 알아보지 못하는 낮은 수준의 감(感)을 가진 자들 역시 난해함 뒤에 숨은 자들처럼 문학적으로 번외에 놓아야 한다.

그리스 시인에게는 진실과 정의였던 문장이 국경을 살짝 넘어 철천지원수인 터키 시인에게로 가면 거짓과 불의가 된다. 이런 테두리가 분명한, 테두리 안에서만 통하는 격문을 쓰는 것이 시는 아닌 것 같다.

천체물리학자 닐 다그래스 타이슨은 『블랙홀 옆에서』라는 책에서 이런 의미심장한 이야기를 한다.

"만일 인간의 머릿속에 자철광이 들어 있어서 항상 북쪽을 인지할 수 있다면 낯선 도시를 여행할 때도 길을 잃지 않을 것이다."°

° 닐 디그래스 타이슨, 박병철 옮김, 『블랙홀 옆에서』(사이언스북스, 2018).

하지만 우리는 자철광을 갖지 못했다. 그리고 현대과학은 우주물질의 대부분을 아직 규명하지 못했다. 시에서 이미지는 어떤 방향성을 가진 에너지다. 아직 다른 사람이 하지 못한 방향성을 찾는 일. 시가 할 일은 그 정도 일인 것 같다.

시인들이여, 이제 '일반상식'은 그만 쓰자. 인간이라는 이 어리석은 종에게 아직 미지의 세계는 끝도 없이 남아 있다.

구름의 이름을 지은 남자

구름의 이름을 지은 사람이 있었다. 루크 하워드. 머리카락을 뜻하는 시러스(cirrus · 권운), 퇴적을 뜻하는 큐밀러스(cumulus · 적운)…… 모두 그가 만든 이름이었다.

극단적으로 소심했기에 매일 창문 밖 구름을 바라보는 게 일이었던 사람. 시시각각 변하는 구름들의 이름을 지어 주기로 마음먹은 사람. "세월이 지났을 때 내 이름보다 구름 이름이 더 많이 기억되길 원한다"고 했던 그 사람. 루크 하워드 생각을 해 봤다.

물고기

스킨스쿠버가 할 수 있는 가장 경이로운 체험은 머리 위로 물고기들이 지나가는 광경을 보는 것 아닐까.

머리 위로 작은 물고기떼가 지나가는 걸 물속에서 본다면 눈보라가 치는 것처럼 보이지 않을까.

어느 사찰에 갔다가 그 비슷한 환희를 봤다.

공중을 헤엄치는 물고기들이여, 그대들 무시(無始)로부터 와서 어디로 가는가. 열반을 향해 가는가.

도구

시는 이해하는 게 아니라 느끼는 것이다. 시가 어렵다고 말하는 사람을 이해할 수 없다. 시는 설명하기 위해 존재하거나, 논리를 주장하기 위해서 존재하는 건 아니다. 설명이나 주장을 할 거면 그것에 합당한 글쓰기 방법은 너무나 많다.

언어로 구성됐다는 이유 때문일까. 시를 읽으면 논리적으로 사실관계가 이해되어야 한다고 생각하는 사람들이 의외로 많다.

시는 이런 걸 써도 된다는 걸 알려주는, 이렇게 써도 감정이나 이미지가 소통될 수 있다는 걸 알려주는 특별한 도구다.

자잘한 이야기

영화로도 인기를 모은 소설 『색,계』의 작가 장아이링은 말했다.

"나는 기념비적인 작품을 쓰지 못해요. 또한 쓸 계획도 없어요. 난 단지 남녀 간의 자잘한 이야기를 쓸래요."

그녀는 자잘한 이야기를 썼지만, 그녀의 문학은 자잘하지 않았다.

그녀가 쓴 건 자잘한 이야기였지만 그 이야기 속에는 모든 것이 다 있었다. 혁명 시대 이념, 그리고 몸과 욕망의 서사까지.

자잘한 이야기를 쓰자.

언어

중국 송나라의 문학이론가인 엄우(嚴羽)의 시론에는 이런 기막힌 부분이 있다.

"언어는 다했어도 그 의미는 변함이 없다."(言有盡而意無窮)

시는 언어가 아니라는 뜻이리라. 언어로 만들었으나 언어에 갇혀 있지 않는 것. 언어에 걸려 넘어지지 않고 언어를 뛰어넘을 수 있는 것. 이것이 시라는 말 아닐까.

샐린저

『호밀밭의 파수꾼』의 저자 J. D. 샐린저는 참 매력적인 인물이다. 그는 지독하게 은둔자로서 살았는데 당대의 영화 감독 엘리아 카잔이 소설을 영화로 만들자고 제안을 했을 때 이렇게 말했다고 한다.

"이 소설을 영화로 만들면 아마 홀든(『호밀밭의 파수꾼』 주인공)이 싫어할 거야."

그는 소설을 썼고, 소설을 살았고, 소설로 죽었다.

밤

헤겔이 "미네르바의 부엉이는 밤이 되어야 날아오른다"
는 말을 한 이후부터 지혜는 밤의 몫이 됐다.

하긴 그렇다. 눈앞의 현실과 거리두기가 가능할 때, 들뜬
마음을 가라앉히고 자기 내면으로 들어와 사유에 빠질 때,
격정에 흔들렸던 낮 시간을 후회할 때 지혜는 우리를 찾아
올 테니 말이다.

밤은 자기를 대면하는 시간이다. 몸의 통증도 밤이 되면
심해진다. 밤은 자기가 자기의 몸과 마음을 맞상대하는 정
직한 시간이다.

밤이 없었다면 그 많은 결심도, 그 많은 발견도, 그 많은 문
장도, 그 많은 연민도 없었을 것이다. 그래서 밤은 위대하다.

"밤은 결코 완전한 것이 아니다"°라고 했던 엘뤼아르의
시가 생각난다.

° 폴 엘뤼아르, 오생근 옮김, 「그리고 미소를」, 『이곳에 살기 위하여』(민음사, 1974).

눈길

오래전에 읽은 이청준의 소설 중에 『눈길』이라는 작품이 있었다.

힘겨운 성장기를 보내고 어른이 된 주인공이 세월이 흘러 어머니와 화해하는 소설이었다.

가장 또렷하게 기억나는 장면이 고등학생이었던 아들이 눈길을 걸어 마을을 떠나는 장면이다. 아들은 망해 버린 집을 뒤로한 채 도시로 떠나고, 안쓰러운 마음에 배웅 나간 어머니는 눈물을 흘리며 눈길을 걸어 돌아온다.

원망과 함께 고향을 떠난 아들의 눈물도 불행을 숙명으로 받아들여야 했던 어머니의 눈물도 모두 '눈길' 위에 뿌려졌다. 이 소설에서 '눈길'을 빼면 아무것도 남지 않는다. 원망도 화해도 모두 '눈길의 일'이다.

그런데 요즘 한국에는 눈이 오지 않는다. 지구온난화 때문이라고 한다. 가끔 눈발이 날리기도 하지만 예전처럼 평지에 눈이 녹지 않고 쌓이는 일은 드물다. 발목까지 빠지는 눈을 밟으며 길을 걷고, 어깨에 잔뜩 쌓인 눈을 털며 찻집에 들어서는 장면은 이제 옛날이야기다.

이렇게 눈이 안 오면 우리는 언젠가 '눈의 서사(敍事)'를 잃어버릴지도 모른다. 『눈길』 같은 소설을 쓸 수 없을지도 모른다.

안타깝다. 우리는 눈(雪)을 잃어 가고 있는 것인가.

시인

사람들이 시인에게 기대하는 모습이 있는 것 같다.

이런 기억이 난다. 학창 시절 강의를 하러 오는 외부 강사 시인이 계셨다. 당시 50대 초반쯤 되는 분이셨는데 강의를 하러 올 때 늘 세차가 잘된 흰색 중형 승용차를 손수 운전하고 오셨다. 어느 날 친구들과 교정에서 수다를 떨다 그 시인이 주차를 하고 차에서 내리는 모습을 보게 됐다. 한 친구가 "시인이 자가용을 타면 되겠어. 가난해야 시인이지."라고 말하자 몇몇 친구들이 여기에 동조를 했다. 나도 그랬던 것 같다.

지금 생각해 보면 실소가 나오는 장면이다. 자가용 승용차가 희귀하던 시절도 아니고, 빈부 문제가 시인의 자격을 결정하는 요건도 아닐 텐데. 어느새 우리 머릿속에는 그런 고정관념이 자리하고 있었던 것이다.

하지만 시인은 영혼만은 가난해야 할 것 같다.

남들이 환희로운 겉모습만 볼 때 나도 모르게 그 이면을 생각하는 사람. 우렁차고 근사한 것보다는 약하고 초라한 것에 눈길을 주는 사람. 그런 시각과 성정에 익숙한 사람이 시인 아닐까. 이런 생각을 해 본다.

인간의 진실은 슬픔에 더 가까우니까. 인간은 결국 외롭고 쓸쓸하니까.

이탈

적어도 나는 그랬다. 빗나간 자들, 이탈된 자들, 미처 못 다다르거나 이미 지나쳐 버린 자들에게는 그들만의 깨달음 이 있었다. 그들의 빗나간 깨달음이 나에게는 섬광처럼 다가 왔다.

기차 레일 밖에 서 있는 자들은 기차 안에서는 도저히 볼 수 없는 것들을 본다. 빗나간 대가, 이탈한 대가다.

아픔

추억은 나를 구속한다. 내게는 절대 내리지 않는 지하철 역과 먹지 않는 케이크와 듣지 않는 음악이 있다.

모두 아픔과 연결되어 있는 것들이다. 아픔은 장소와 냄새와 리듬으로 남는다.

집으로 가는 길

장이머우 감독이 만들고 장쯔이가 주연한 영화 「집으로 가는 길」의 남자 주인공처럼 살고 싶었다.

앉아서 천리를 볼 만큼 지식과 명석함이 있지만 직업은 시골 초등학교 선생님인 남자. 그 명석함 때문에 세상은 그를 주시하고 질투하지만 세속의 눈초리를 뒤로한 채 벽지 아이들에게 책을 읽어 주는 남자. 낭랑한 목소리로 매일매일 책을 읽어 주는 남자.

그리고 그곳에서 순백의 영혼을 가진 한 여인을 만나는 남자. 돈도 배움도 없지만 지적 아름다움을 볼 줄 알고, 인정하고, 지켜줄 수 있는 여자. 그런 시골 여자를 만나고 싶었다. 책 읽는 소리가 노래보다 달콤하고 우아하다고 느끼는 여자. 그 목소리에 세상을 다 가진 듯 행복해지는 여자. 한 번도 그 목소리를 배신하지 않고 평생을 기다린 여자. 그 목소리를 가장 나중까지 들은 여자. 그리고 그 목소리를 수습해 마지막 길을 보낸 여자.

숲

활자를 보면 '숲'을 보는 듯한 느낌이 든다.

기호들의 숲, 의미들의 숲에서 헤매는 듯한 착각에 빠진다.

책 속에서 활자는 살아서 움직인다.

과거와 현재가 대화를 나누고

이런 생각과 저런 생각이 서로 다투고

뜻이 같은 이야기들을 서로를 끌어안고 눈물을 흘린다.

활자는 영원한 숲이다.

내가 태어나기 훨씬 오래전부터 있었으며

내가 세상에서 사라진 이후에도

한없이 살아서 향기를 내뿜을 숲이다.

활자는 지혜의 숲이다.

저 빽빽한 숲에서

누군가는 지도를 얻어 가고

누군가는 사랑을 얻어 가고
누군가는 눈물을 얻어 가고
누군가는 희망을 얻어 간다
숲 사이를 걸어

인간의 역사를 만나는 일. 숙연하고 두려운 일이다. 모두들 활자의 숲에 고개를 숙일 것. 그리고 아주 오래 침묵으로 경의를 표할 것.

리듬

어떤 대상을 완벽하게 이해하는 일은 그 대상의 '리듬'을 파악하는 일이다.

『아웃오브 아프리카』를 쓴 카렌 블릭센이 아프리카를 하나의 리듬으로 정의한 것은 너무나 매력적이다. 그는 태초의 아름다움을 리듬으로 이해했다.

그는 아프리카에서는 바람과 색깔 냄새까지, 기린부터 원주민까지 모두 하나의 템포로 이루어져 있다고 단언했다. 그 리듬을 받아들여야 아프리카를 알 수 있다고 했다.

말할 것도 없이 시(詩)도 리듬이다. 우주를 떠돌거나, 재래시장 구석을 헤매고 있는 언어에 리듬을 부여하는 일, 그것이 시다.

생

산악인이자 소설가 헤르만 불은 히말라야 영봉 앞에서 내 생은 오로지 당신을 뵙기 위한 준비였다는 헌사를 바쳤다.

생을 바쳐서 할 일이 있다는 건 참 행복한 일일 것이다.

생을 바쳐서 한 가지를 향해서 간 자들은 아름답다. 자기 식으로 자기 자신을 끝까지 밀고 가 본 자들만이 인생의 궁극을 안다.

스티브 잡스

스티브 잡스 사망 이후 그의 업적을 논하는 사람들이 많다. 혹자는 그를 위대한 과학자에 견주기도 한다. 또 어떤 사람은 그를 대단한 발명가처럼 이야기한다. 내 생각에 잡스는 과학자나 발명가보다는 예술가에 가깝다. 그는 없던 것을 발명했다기보다는 있던 것들을 조합해 예술을 만들어 낸 사람이다. 아주 새로운 형식으로.

그래서 잡스의 죽음은 아인슈타인이나 라이트 형제의 죽음이 아니라 프레디 머큐리의 죽음처럼 받아들여져야 한다.

그리고 참, 터틀넥 프레젠테이션의 원조는 잡스가 아니라 칼 세이건이었다.

신념이니 의리니 하는 것들은 허세다.

인간은 또 얼마나 상황일 뿐인가.

상황을 이길 수 있는 인간은 없다.

넌 누구냐고

앉아서 일어날 때까지 인맥 자랑을 하는 사람을 자주 본
다. 특히 남자들 중에 많다. 누가 동창이고, 누가 고향 친구
고, 유명한 누가 내 친구의 친구고……. 들으면 들을수록 그
사람이 빈약해 보인다. 그에게 물어보고 싶은 말이 있는데
꾹 참는다. "그래서, 도대체 넌 누구냐고?"

도시

도시는 늘 건설되어 왔다. 도시는 생명체다. 도시는 사람들의 몸과 욕망과 필요가 그대로 반영된 진화의 현장이다.

사람들의 몸과 욕망이 한 층의 높이와 자동차 한 대의 크기를 만들었고, 다시 이것들이 건물의 크기와 차선의 크기를 규정했고, 건물과 차선은 도시의 형태를 결정했다. 도시는 더하거나 뺄 것 없는, 바로 우리의 몸이다.

마천루를 죄악시하고 차량으로 가득한 거리를 악마화하는 건 도시의 생성 원리를 무시한 단순한 이상 논리에 불과하다. 도시는 아름다움이나 한적함을 위해 만들어지지 않았다.

도시는 인간에 의해 만들어진 결과물이고 그 자체가 역사이며 지금도 진행 중인 유기체다.

도시를 재생하겠다며 고가도로와 건물을 헐고, 나무 몇

그루를 가져다 심는 행위는 좀 뜨악하다. 그 고가도로와 건물이 곧 도시이기 때문이다. 도시는 이미 자연이 아니다. 도시는 슬프게도 자연친화적일 수 없다. 도시는 도시다.

도시가 국립공원이 될 수는 없다. 인간은 도시를 건설함으로써 새로운 문명을 건설했다. 도시 자체가 죄악시되어서는 안 된다.

우리는 도시에서 법을 발명했고 민주주의를 발명했으며, 대학을 만들었고 병원을 세웠고, 우주선을 발명했다. 우리는 도시에서 사랑을 했으며 이별을 했고, 도시에서 태어났고 도시에서 죽어 간다.

약속

　나는 옛날이 좋았다고 말하는 자와 미래는 반드시 좋을 것이라고 말하는 자. 두 경우를 모두 신뢰하지 않는다. 자신의 힘이 미칠 수 없는 어떤 상황에 대해 약속하는 건 모두 거짓이다. 흘러가 버린 과거와 오지 않은 미래에 대해 도대체 무슨 단언을 할 수 있단 말인가.

　나는 단지 이 가녀린 '현재'를 찬양할 수 있을 뿐이다. 어디서 왔는지, 앞으로 어떻게 될 것인지 궁금하지만 그것은 오늘 이 시간의 영역이 아니다.

오 나여!

스티브 잡스가 애플 아이폰과 아이패드를 처음 출시했을 때 광고를 기억하는 분들이 있을지 모르겠다. 광고 후반부에 나오는 자막이 눈길을 끌었었다.

"화려한 연극은 계속되고, 너 또한 한 편의 시가 된다는 것."

흡사 멋진 신세계를 예감하는 듯한 이 구절은 휘트먼의 시 구절이다. 이 시는 영화에서 먼저 사용됐다.

피터 위어 감독의 1989년작 영화 「죽은 시인의 사회」 (Dead Poets Society)는 엄숙한 기숙학교에 자유분방한 키딩 선생이 부임하면서 이야기가 전개된다. 키딩 선생은 규율에 묶여 웃자란 콩나물처럼 병들어 가는 학생들에게 생명력을 불어넣고 싶어 한다. 그러던 어느 날 선생은 책상 사이에 쪼그려 앉아 '모여 봐 모여 봐' 하면서 학생들을 부른다. 키딩은 은밀한 비법을 전수하듯 낮지만 힘 있는 목소리로 속삭인다. 이때 나오는 시가 휘트먼의 「오 나여! 오 삶이여!」다.

　　수없이 던지는 질문들……
　　신뢰할 수 없는 것들이 꼬리를 물고
　　어리석은 이들로 가득한 도시

　　아름다움을 어디에서 찾을까
　　오, 나여, 오, 삶이여!
　　대답은 한 가지,
　　네가 바로 여기에 있고
　　삶이 존재하고
　　화려한 연극은 계속되고

너 또한 한 편의 시가 된다는 것

—휘트먼, 「오 나여! 오 삶이여!」 부분

키딩은 이 구절을 읊으면서 학생들에게 삶의 이유와 의
미에 관한 질문을 던진다.

왜 꿈을 꾸어야 하는지? 인간은 왜 자기 삶의 주인이어
야 하는지? 왜 인간은 사랑을 하고 아무리 바빠도 하늘을
올려다봐야 하는지? 왜 당장 이익을 가져다주지도 않는 것
들을 읽고 써야 하는지?

답은 분명하다. 인간의 삶은 하나하나 모두 가치 있는
'한 편의 시'이기 때문이다.

어쨌든 애플의 창업자인 스티브 잡스는 인문학 예찬론자
였다. 잡스는 종종 "애플의 DNA는 기술만으로는 충분하지
않다. 교양과 인문학의 결합 기술이야말로 가슴 벅찬 결과
를 가져다줄 것"이라고 말하곤 했다.

부러웠다. 첨단기술을 사용해서 만든 통신기기를 광고하는 데까지 시구절을 들이대는 게 한편 어색했지만, 또 한편으로 그렇게 멋있어 보일 수가 없었다.

시인의 시구절을 자신들의 기술적 우위를 자랑하는 데 활용하는 사람들, 그들의 인문학적 소양과 자긍심이 부러웠다. 사실 미국에서 첨단 IT 기업의 CEO들이 고전을 인용한 사례는 많다.

스티브 잡스의 대를 이어 애플의 CEO가 된 팀 쿡도 마찬가지였다. 그는 2011년 한 인터뷰에서 경쟁사들의 제품들을 겨냥해 "아이패드 외의 태블릿은 해괴하다(bizarre)"며 그것들은 "가벼운 증기처럼 사라질 것"이라고 말했다. 밀턴의 실낙원에 나오는 유명한 구절을 꺼내온 것이다.

인류가 만들어 낸 모든 것은 사실 총체적 결과다. 인문학은 오로지 인문학적인 결과만 만들고, 기술은 오로지 기술

적인 성취만을 가져오는 건 아니다. 쉽게 말해서 훈민정음
과 측우기는 따로 나오지 않는다. 측우기를 만들 수 있는 천
재들이 훈민정음을 만들고, 훈민정음을 만들 수 있는 천재
들이 측우기를 만드는 것이다.

미지(未知)

우리는 단지 '우리는 모른다'는 그 사실을 알 뿐이다.

어느 날 문득 '인간에게 미지의 세계가 남아 있을까' 하는 생각이 들었다.

몇 해 전 이집트 사막 여행길에 '서울 전역 1만 5000원' 대리 운전 문자가 뜨는 걸 보면서 이제 인간에게 미지는 없다는 생각이 들었다. TV 오지기행 다큐에 등장하는 문신 투성이 원주민도 카메라 앞에서 독화살을 만드는 모습을 보여주다가 카메라가 꺼지면 스마트폰부터 찾더라는 이야기를 들으며 그 생각은 더욱 굳어졌다.

이제 인간에게 미지의 땅은 남아 있지 않은 듯했다.

하지만 그 착각은 깨졌다. 인간은 많은 것을 알고 많은 것을 이룬 듯했지만 착각이었다. 인간은 눈에 보이는 것만 정복했을 뿐 보이지 않는 세계에서는 여전히 무력했다. 우리는 여전히 많은 것을 모르고 있었다. 우리가 확실하게 알고 있는 건 '우리는 모른다'는 사실뿐이었다.

바이러스 이야기를 하고 싶다. '코로나19'라는 바이러스의 창궐 앞에서 인간의 능력은 미약할 뿐이었다.

스마트폰만 켜면 전 세계 뉴스와 주식시장이 실시간으로 중계되고, 전 세계의 골목골목을 안내받을 수 있고, 누구와도 소통이 가능하며, 몇 번의 터치로 모든 재화를 구할 수 있지만 그건 눈에 보이는 세상에서나 가능한 일이었을 뿐이다. 인간이 이룩한 과학문명은 결코 우리가 믿는 것처럼 전지전능하지 않았다.

우리는 몇 달째 눈에 보이지 않는 작디작은 단백질 덩어리의 지배를 받고 있다. 우리가 건설했던 모든 것들이 무너져내리는 걸 속절없이 바라보고 있다.

타인을 만나고 교류하는 것도, 기도를 하러 성당에 가는 것도, 공연장이나 나이트클럽에서 유희를 즐기는 것도, 마트에 가는 것도, 식당에 가는 것도, 요양원에 누워 있는 어머니를 보러 가는 것도 눈에 보이지 않는 바이러스의 통제를 받는 일이 됐다.

인류가 그토록 오랜 투쟁과 공부를 통해 완성해 낸 모든 것들이 위협받고 있는 것이다. 거주 이전의 자유, 여행의 자유, 접촉의 자유는 이미 무너졌고, 개인정보 보호가 인권의 시작이라는 주장은 한가한 소리로밖에 들리지 않는다.

코로나19 사태가 얼마나 갈지, 어떤 피해를 더 입힐지 우리는 알 수 없다. 한 가지 분명한 건 이번 사태로 인류의 오만함이 치명적인 상처를 입었다는 사실이다.

얼마 전 비오는 날 산사에서 큰 스님과 마주 앉았다.

스님은 코로나19와 관련된 우문에 '우리가 지은 업(業)의 결과'라고 잘라 말했다. 인간이 지구에 대해, 그곳에 깃들어 사는 다른 생명체에 대해 생각하고 행했던 만행들이 업으로 돌아온 것이라는 말이었다.

스님은 '천지여아동근 만물여아일체(天地與我同根 萬物與我一體)'라는 불경 구절을 들려줬다. 하늘과 땅은 나와 그 뿌리가 같고, 온갖 만물은 나와 한 몸이라는 그 구절이 왜 그렇게 마음에 다가왔는지. 그렇다. 우리는 지구의 주인이 아니었다. 지구상에 있는 모든 만물과 동등한 존재였을 뿐, 특별한 발언권을 가진 유별난 종은 아니었다. 그런 우리가 지구를 관리할 수 있다고 믿었으니…….

　　긴 차담을 마치고 산사를 내려오는 길. 어느 새 비가 그치고 막 세수를 한 듯한 맑은 하늘이 구름 사이로 나를 내려다보고 있었다. 늦은 여름이었다.

불행

모르고 지나가거나, 안 보고 지나가는 것이 행복할 때가
많다.

사실 많이 알고 많이 본다는 건, 곧 불행을 의미하기도
한다. 세상에는 알면 쓸쓸해지고 알면 상처받는 일들이 수
두룩하다. 차라리 모르자. 모르고 살자.

묻을 일은 묻어 버린 채 살자. 굳이 파내지 말자.

죽음의 노예

죽음에 대해 많이 알면 알수록 자유로워질 수 있다고 말한 미셸 드 몽테뉴의 말에 동의하지 않는다.

현대인들은 죽음에 관한 '경우의 수'를 너무 많이 안다. 그래서 죽음을 더 두려워하고, 살려고 발버둥치게 됐으며, 그래서 불행하다.

사람을 죽이는 수많은 병의 이름과 죽어 가는 과정, 수많은 사고 사례들을 매일매일 상세히 보고 들으며, 안 죽거나 늦게 죽는 법을 공유하며 현대인은 죽음의 노예가 되어 간다.

전 지구적 죽음이 뉴스와 동영상으로 생중계되고 그 잔상이 현대인의 유약한 뇌를 지배한다.

죽음으로 가는 경우의 수를 잘 모를 때 인간은 오히려 자유로웠고 대의를 위해 죽을 수 있었다.

현대인은 죽음이 조종하는 마리오네트 인형일 뿐이다.

투우

　나는 투우를 볼 때마다 소가 이기기를 기도한다.

　소가 투우사를 위험에 빠뜨리는 경우가 드물게 있기는 하
지만, 그 소 역시 결국엔 다른 투우사의 손에 무릎을 꿇는다.
왜 소가 이기는 투우 경기는 없는가. 소는 왜 맨날 패배하는
가. 왜 맨날 죽는가. 나는 소가 이기는 투우를 보고 싶다.

　소가 환호의 세레모니를 하고

　석양 아래서 소들이 행진하는

　그 거리에서

　소들에게 머리를 조아리며 서 있고 싶다.

　스프링벅이 사자를 잡아먹고

　마못이 독수리를 잡아먹고 이러면

　얼마나 세상이 신날까.

질문

질문의 수준이 그 사회를 말해 준다.

서점에 가면 멘토 행세하는 자들이 많다. 나는 그들의 얼굴과 책 제목에서 디스토피아를 읽는다. 질문이 근본적이지 않은 시대는 하수다.

'어떻게 하면 부자가 되나요? 어떻게 하면 성공하나요?'

이런 질문에 답을 한다는 책이 버젓이 서점에 유통되는 사회는 불행하다.

질문은 근본적이어야 한다. 왜 사는지, 공동체란 무엇인지, 예술은 왜 필요한지, 왜 권력은 선해야 하는지. 뭐 이런 질문을 던지고 그 질문의 답을 고민하는 사회가 훨씬 두껍고 단단하다.

서점은 아무리 어렵더라도 크고 무거운 질문과 그에 대한 고민으로 가득 차 있어야 한다.

본다는 것

끝내 본다는 건 끝내 불행해지는 일이다.

우리는 알면 쓸쓸해지고 알면 상처받는 일들을 애써 들여다보려고 한다. 어리석게도 말이다.

엎드려 쓰러진 채 발견된 천년 전 석불을 일으켜 세우기 위해 첨단 과학을 동원한다는 기사를 본 적이 있다. 엎드려 있게 놓아 두면 안 되는 걸까. 엎드려 있었던 시간도 석불의 역사일 텐데. 우리는 왜 끝내 그 얼굴을 보려고 할까. 얼굴을 보고 후회하려고 할까.

가장자리

어느 시기가 오면 대중은 중심에 있는 것이 아닌 가장자리에 놓여 있는 것들을 좋아하게 된다. 가장자리에 있는 것에 환호를 하고, 그것에 충성을 다하기 시작한다. 급기야 대중은 가장자리에 있는 것들을 흉내내기 시작한다. 시간이 흐르면 가장자리에 있는 것들은 차츰 다수가 되고 대세가 된다. 그렇게 세월이 흐르면 가장자리 것은 결국 권력이 된다. 그리고 권력이 된 그들은 '새로운 가장자리 것'을 탄압하기 시작한다.

인간의 역사는 그렇게 흘러간다.

죄

온 도시에서 용서할 수 없는 냄새가 난다.

태워서는 안 되는 것들을 태운 냄새는 역겹다. 분해되지 않는 것들을 태운 냄새가 도시를 뒤덮고 있다. 아주 멀리서, 혹은 가까이서 태워서는 안 되는 것들을 태운 인류는 그 대가를 치르고 있는 중이다.

만들어서는 안 되는 것을 만들었고, 태워서는 안 되는 것을 태운 죄. 그 죄가 크다. 이제 인류의 남은 날들은 그 죗값을 치르는 데 바쳐질 것이다.

단순논리

혼란한 시대일수록 단순논리가 힘을 얻는다. 명징해 보이고 자극적이기 때문이다.

그런데 이 단순논리를 가만히 들여다보면 발화자의 콤플렉스와 욕망이 그대로 드러난다. 흡사 구강기 리비도를 보는 것 같다.

놈 촘스키

사견을 전제로 나는 놈 촘스키가 못 미덥다. 이유는 간단하다. 미국에서 살면서 미국을 비판하면서 먹고살기 때문이다. 미국을 누리고 미국을 활용하면서도 겉으로는 미국을 욕하는 그의 글에서는 묘한 한계가 느껴진다. 그는 언어학자였을 때가 더 미더웠다. 선입관인가…….

집단

사람들은 내면이 빈곤할수록 집단에 기댄다. 사람들은 자기가 우월하다는 근거를 찾기 힘들 때 자기가 지지하는 집단이 우월하다고 목소리를 높인다. 이렇게 생성된 진영논리는 모든 것을 빨아들인다. 선과 악의 문제도, 계급의 문제도, 경제적인 문제도 모두 진영논리의 먹잇감이 된다. 그들은 공유지도 공론장도 허용하지 않는다. 수준 낮은 사회의 특성이다. 성숙하지 못한 사회일수록 자신과 다른 생각을 가진 사람들을 악마화한다. 견해가 다를 뿐인데 상대를 적이라 여기고 악마화한다.

운의 중립화

하버드의 성자라고 불렸던 존 롤스는 평등한 사회를 위해서는 '운의 중립화(neutralizing luck)'가 이루어져야 한다고 주장했다. 인간은 태어날 때 인종이나 국가를 혹은 부모나 건강상태를 선택하지 못한다. 이것들은 운으로 주어진 것들이다. 운으로 주어진 것들이 그대로 계급이 되는 걸 막기 위해 '운의 중립화'가 필요한 것이다. 이건 선과 악이나 합법이냐 불법이냐의 문제와는 다른 차원에서 논의되어야 한다.

선과 악

현실에서 선과 악의 대결은 거의 없다. 욕망과 욕망의 대결이 있을 뿐이다.

정치인들은 자기 편은 선(善), 상대편은 (惡)이라고, 상대는 청산해야 할 대상이라고 말하지만 딱 떨어지는 선과 악은 없다. 그들의 싸움은 입장 대 입장, 집단 대 집단, 명분 대 명분의 대결일 뿐이다.

인간은 이타적이기 힘들다. 인간은 어떤 입장을 갖기 이전의 상태로 돌아가지 못한다.

이애주와 미하일 바리니시코프

이애주 선생이 작고했다. 문득 스쳐가는 생각이 있다.

1980년대 어느 날 사회과학 세미나를 함께하던 타 대학 친구들에게 "난 이애주보다 미하일 바리시니코프 춤이 더 좋아."라고 했다가 '쳐 죽일 놈'이 된 적이 있었다.

나의 발언 때문에 밤샘 토론과 비판이 이어졌다.

바리시니코프가 소비에트에서 미국으로 망명을 했기 때문이었을까. 반미 반제 반식민 같은 단어들이 밤새 우리의 술잔에서 맴돌았다.

어쨌든 한 청년의 취향조차도 견디지 못했던 아픈 시절이었다. (지금 생각해 보면 나나 내 친구들이나 나름 얼마나 최선을 다해 순수했던가.)

물론 춤을 좋아했던 나는 시위 현장에서 몇 번 본 이애주 선생의 춤사위에서 다른 순간으로는 도저히 대체할 수 없는 감동을 받았다. 이애주 선생의 명복을 빈다.

두 교황

역설적이게도 무엇인가를 지키겠다는 의지는 무엇인가를 개혁하겠다는 의지와 맞닿아 있어야 한다. 그것이 국가와 같은 조직이든 아니면 사상이나 종교 같은 무형의 것이든 자신들의 가치를 지키기 위해서는 필연적으로 자기 혁신을 해야 한다.

영화 「두 교황」에는 자신의 믿음과 조직을 지키기 위해 자신과 반대 생각을 가진 개혁파 교황에게 자리를 물려주고 떠나는 보수파 교황의 이야기가 나온다. 훌륭한 선택이다. 개혁하지 않는 이상 지킬 수 없다.

절대진리

절대진리는 폭력이다. 기회 있을 때마다 '정의'나 '선
(善)' 같은 걸 앞세우는 자들은 타자와 소통할 생각이 없는
자들이다. 그들은 자신들과 생각이 다른 사람들을 악마화하
거나 야만화하면서 권력을 지킨다.

죽은 자들

가라타니 고진이 그랬다.
"죽은 자는 항상 산 자의 방편으로 이용된다고,
그리고 죽은 자는 그것에 항의할 수도 없다고······"
우리는 얼마나 죽은 자들을 이용하는가.
그들을 미화하면서 나를 합리화하고,
그들을 저주하면서 나의 죄를 숨기고 있는 것은 아닌지

사람들이 만장일치로 누군가를 미화할 때,
아니면 만장일치로 누군가를 저주할 때
나는 구역질이 난다

6부 무너지는 사람이 좋다

정신무장이 되어 있는 사람, 난 그런 사람이 싫다.

무너지는 사람, 그런 사람이 좋다.

정신력이라는 말이 얼마나 우리를 배신했던가.

우리는 그 말 앞에서 얼마나 스스로를 자책하면서 살았던가.

빛

그대는 오지 않았네 삐뚤어진 세계관을 나누어 가질
그대는 오지 않았네 나는 빛을 피해서 한없이 걸어가네

나는 들끓고 있었다

모두 다 내주고 어느 것도 새것이 아닌 눈동자만 남은
너를 기다렸다

밤이 되면서 퍼붓는 어둠 속에 너는 늘 구원처럼 다가
왔다

철시를 서두르는 상점들을 지나 나는 불빛을 피해 걸어
간다

행여 내 불행의 냄새가 붉은 입술의 너를 무너지게 했는지
무덤에도 오지 않을 거라고,

보도블록 위에 토악질을 해대던 너를 잊을 수는 있는 것

인지
　　나는 쉬지 않고 빛을 피해 걸어간다

　　도대체 얼마나 많은 당신들이 저놈의 담벼락에다 대고
울다 갔는지
　　이 도시에서 나와 더불어 일자리와 자취방을 바꾸어가며
　　이웃해 사는 당신들은 왜 그렇게 다들 엉망인지
　　가면 마지막인지
　　왜 아무도 사는 걸 가르쳐주지 않는지
　　나는 또 빛을 피해 걸어간다
　　─졸시, 「나는 빛을 피해 걸어간다」

　　빛은 나와 가깝지 않다고, 어울리지 않는다고 생각한 시
절이 길었다. 환희에 가득 찬 웃음들, 지켜지는 약속들, 자다
깨면 느껴지는 행복감, 혼자가 아니라는 충만함. 이런 것들

이 내 것이 아니라는 생각으로 살았던 시간들이었다.

　다른 사람들은 빛 아래 나가 서 있는데, 지구상에 나만 그 빛을 피해 서 있는 것 같았다. 아무도 나에게 '빛'을 향해 나아가는 걸 가르쳐 주지 않았다. 그래서 나는 빛을 몰랐고, 어둠만을 알았다. 그리고 세월이 흘러 나는 어둠의 미학을 알게 됐다. 더 정확히 말하면 어둠이 있어, 빛이 있다는 사실을 알았다. 어둠이 없으면 빛이 어떻게 있겠는가. 반대로 빛이 없으면 어둠이 어떻게 있겠는가. 나는 어둠의 편에 서 있었지만 결국 '빛'에 일조하고 있었던 셈이다. 단지 서 있는 자리가 좀 달랐을 뿐.

거인

이태석 신부가 살레시오 수도원 시절 썼던 책상과 침대를 봤다. 모르겠다. 그냥 눈물이 났다.

키가 컸던 그에게 수도원 침대는 짧았다고 한다. 다리도 펴지 못했던 두 평 반짜리 방에서 그는 무슨 생각을 했을까. 필요하지 않은 건 단 한 뼘도 갖지 않았던 그 사람의 삶이 너무도 아름다워서, 내가 너무 부끄러워서. 한참을 서 있었다.

아프리카 남수단 톤즈를 처음 방문하고 이태석 신부는 일주일 동안 아무 말도 하지 않았다. 가난의 끝, 폭력의 끝, 절망의 끝을 본 그는 일주일 내내 기도만 했다고 한다. 그리고 그는 그곳으로 가서 영영 봉사의 삶을 살기로 결심을 한다.

수도원 후배가 왜 그곳으로 가려 하냐고 묻자 그는 이렇게 말했다.

"제일 가난하잖아."

가끔 신은 우리에게 초인을 내려보내 준다. 이태석이 그랬다.

그는 의대를 졸업한 늦은 나이에 수도원에 들어갔다. 세속인들은 그가 왜 편안한 길을 버리고 고난의 길을 가려고 하는지 이해하지 못했다. 그의 성품을 아는 사람조차도 꼭 수도사가 되지 않아도 봉사는 할 수 있지 않냐며 만류했다. 그럴 때마다 이태석은 말했다.

"여기서 의사를 하는 건 '돌'이 되는 일이에요. 하지만 더 가난하고 낮은 곳으로 가면 '다이아몬드'가 되죠. 다이아몬드가 될 수 있는데 뭐하러 돌이 되겠어요."

그는 이른 나이에 암으로 세상을 떠났다.

이태석을 기억하는 사람들은 말한다.

"하느님은 그에게 너무나 많은 것을 주었고, 그는 그 많은 것을 세상에 전부 내주고 떠났다."

박이문

후배 입에서 흘러나온 이름을 듣고 한참을 아무 말도 못
했다.

"형, 아는 사람이 요양병원을 하는데, 뇌경색과 치매를
앓고 있는 노인이 입원을 했대. 자기 정신도 간수하기 힘든
사람이 제목만 봐도 질릴 만한 어려운 책을 잔뜩 싸들고 왔
길래 가족에게 뭐 하던 사람이냐고 물었더니, 그 사람 이름
을 이야기해 주더래. 박인희라고."

박인희…… 철학자 박이문의 본명이었다. 그 사람의 책
을 좋아했다. 허무주의와 선비 기질이 묘하게 섞여 있는 그
사람의 예술철학을 즐겨 읽었었다.

허무주의자라 더 열심히 살았다던, 장밋빛 미래 같은 건

익숙하지 않았기에 오늘을 그냥 열심히 살았다던.

평등하고 낮게 말년을 마주한 그분께 경의를 표한다.

허무주의자

숲길을 걸어 들어가며 지난해 세상을 떠난 철학자 박이문을 생각했다.

생전에 그는 스스로 허무주의자이면서 왜 그렇게 열정적으로 사느냐는 질문에 이렇게 답하곤 했다.

"허무주의자가 더 열심히 살게 되어 있어. 궁극적인 의미나 목표가 무의미하기 때문에 매 상황에 최선을 다하는 거야. 절대적 해답은 어차피 없으니까. 부질없이 '숲'을 논하기보다 '풀' 한 포기 한 포기에 집중하는 거지."

숲에 들어서자 밖에서는 보이지 않던 많은 것들이 나를 반겼다. 가장 먼저 번식기를 맞은 잠자리떼가 나를 맞이한다.

수년을 유충 상태에서 보낸 이 고대 생명체는 탁월한 비행능력으로 눈길을 잡아끈다. 그 얇은 날개에 신경과 핏줄

이 가 있다니. 회전비행, 후진비행, 정지비행까지 장착한 이 '날아다니는 작은 용'을 자세히 들여다보면 아름다우면서도 공격적이다.

저만치 투구꽃도 있다. 자주색의 이 얌전한 꽃은 독을 품고 있다. 가냘프고 눈에 잘 띄는 자신을 지키기 위해서일까. 이 녀석은 투구를 쓰고 독을 머금은 채 방어적으로 서 있다.

바위 밑에는 솜다리가 수줍게 계절을 즐긴다. 세상이 무서워 땅속 깊이 뿌리를 박고 바위 밑에 숨은 이 녀석의 꽃말은 '귀중한 추억'이다. 얼마나 소중한 추억이기에 이리도 몸을 숨겼을까.

황병하

1995년 어느 날. 난 전위적인 시집을 내는 것으로 알려진
어떤 출판사에 전화를 걸었다.

"시집을 내려면 어떻게 해야 하죠"

"시를 타이핑해서 봉투에 넣어 보내 주세요. 연락처하고."

얼마 후 답이 왔다.

"내기로 결정했어요. 사진 가지고 출판사에 한 번 오세요."

물어물어 찾아간 출판사 사무실은 특유의 석유난로 냄새
가 짙게 배어 있었다.

"평론은 어떤 분에게 맡길지 생각해 보셨어요?"

난 아주 당돌하게 답했다.

"황병하요."

"아 그래요. 그분을 생각한 이유라도? 잘 아시는 분인가요?"

"절 이해할 것 같아서요. 하지만 그분은 저를 몰라요."

황병하는 시집 평론을 쓴 적이 거의 없었다. 그래도 난 그에게 마음이 가 있었다. 그가 옥타비오 파스와 보르헤스를 멋지게 번역했다는 것, 그리고 무엇보다 그가 사제의 길을 걷다 환속한 신학생 출신이라는 것이 내 마음을 잡아당겼다.

그렇게 시집 『불온한 검은 피』는 출간됐다. 그리고 황병하는 시집이 출간된 이듬해 젊은 나이로 세상을 등졌다.

그는 결이 독특한 평론가였다. 열정적이었지만 허무했고, 욕망이 끓어 넘쳤지만 차분했고, 영과 속을 함께 지니고 있었으며, 늘 분노했지만 너무나 많은 것을 사랑하는 사람이었다.

지난 17일은 황병하의 기일이었다.

인사동에서 함께 술을 마시고, 길에서 닭싸움을 하고, 한국문학에 조소를 날렸던 그날들이 생생하다. 그 형형한 눈매와 농담이 그리운 요즘이다.

그를 추모한다. 그리고 너무나 미안하다.

그는 죽음을 주고 무엇을 얻었을까?

수비수

'공격을 잘하는 팀은 승리를 하지만 수비를 잘하는 팀은 우승을 한다'는 오래된 축구 격언이 있다.

생각해 보면 산다는 건 수비다. 태어나는 순간부터 수비수가 되어야 한다. 우리는 태어나면서 국가도 계절도 빈부도 선택하지 못한다. 우리는 실존적으로 세상에 내던져진 안쓰러운 생명체다.

성장하면서도 수비수로 살아야 한다. 운명은 우리에게 한 치 앞을 보여 주지 않는 심술을 부리기 때문이다.

예상치 않게 쏟아지는 소나기를 맞게 만들고, 말도 안 되는 폭력에 직면하게 하고, 신체적인 고통이 어느 날 나를 흔들고, 내가 의지했던 사람을 앗아가며, 괴물 같은 자를 내 옆에 데려다 놓는다. 심장이 내려앉는 듯한 사랑을 주었다가도 언제 그랬냐는 듯 빼앗아 간다.

믿었던 테크놀로지는 가장 필요한 순간 '고장'이라는 방식으로 하루를 무너뜨리고, 시간은 내가 정말 여유가 필요할 때 여유를 준 적이 없다.

그렇지만 생은 계속된다. 집정관이 나타나 인생의 휘슬을 불고 경기를 끝낼 때까지 우리는 그라운드에 있어야 한다.

인생을 축구 우승에 비교하는 건 우습지만, '가장 잘 지킨 자'가 '가장 잘 살았던 자'가 되는 것만은 분명해 보인다.

기도

종교는 쓸쓸하고 고독하다. 종교적이 됐다는 것은 고독
해졌거나 고독해지기로 결심했다는 걸 의미한다. 성당이나
절이나 교회에 모여 노래를 부르고, 기도를 하고, 무릎을 꿇
고, 절을 하지만 그들 모두는 그 순간 혼자다.

내가 서 있는 땅의 일들에 투항되지 못할 때, 그 너머를
바라보고 겸손해질 때 겸손의 형식으로 종교는 존재한다.
종교는 방향성이 있는 에너지를 향해 혼자 사색하고 혼자
걸어가는 일이다.

종교는 모든 현실적인 것 너머에 존재한다. 종교는 가족
과 우정과 사랑마저 뛰어넘어 그 너머에 존재한다.

기도를 한다는 건 오롯이 혼자 남는 행위다. 기도는 하늘 나라를 바꾸지도 못하고 세상을 바꾸지도 못한다.

기도는 나를 바꿀 뿐이다.

담장 안

종소리가 들렸고, 나지막하게 그레고리안 성가가 들렸다.
본 적 없는 새들이 가느다란 가지 끝에 날아와 앉았고
담장 안은 너무나 고요했다.
겨울 햇살이 나뭇가지 사이로 비칠 때
나는 용서받고 싶었다.
담장 하나를 지나왔을 뿐인데 이쪽과 저쪽은 너무나 다른 세상이었다.
담장 밖은 차량과 소음이 넘쳐나는 혼돈의 도시 한복판.
하지만 담장 안쪽은 공기부터가 달랐다. 시간도 다르게 흘러갔다.

부산 수영구 성 베네딕도 수녀원.
한겨울인데도 초연하게 홍매화가 피어 있었고,

병색의 노수녀는 한없이 잔디밭을 돌며 기도를 올리고
있었다.

버려진 녀석들을 데리고 왔다는……

강아지 몇 마리, 마당 한쪽에서 졸고 있는 오후.

베네딕도 조각상은 너그럽게 속세를 내려다보고 있었다

줄을 맞춰 기도실로 들어가는 견습 수녀들의 뒷모습을
보며

나는 부끄러웠다.

알 수 없는 공기가 지배하는 그곳에서 나는

한없이 용서받고 싶었다.

빛나가고 싶었다

불온한 시를 위하여 살았다.

빛나가고 싶었고, 빛나간 것들에 대해 노래하고 싶었고,
빛나간 것들을 증거하고 싶었다.

시를 만나는 일은 눈에 잘 보이지 않는 세상과 친해지는
일이라고 믿었다.

너에게 시시한 기분은 없다

1판 1쇄 펴냄 2022년 3월 31일
1판 2쇄 펴냄 2022년 5월 16일

지은이 허연
발행인 박근섭·박상준
펴낸곳 (주)민음사

출판등록 1966. 5. 19. 제16-490호
주소 서울특별시 강남구 도산대로1길 62(신사동)
강남출판문화센터 5층 (우편번호 06027)
대표전화 02-515-2000 | 팩시밀리 02-515-2007
홈페이지 www.minumsa.com

한국어 판 ⓒ (주)민음사, 2022. Printed in Seoul, Korea

ISBN 978-89-374-4262-9 (03810)